*Der streitlustigste aller italienischen Autoren, zeitlebens das, was man in seiner Sprache «non conformista» nennt, legte mit seinem letzten Buch, «Verdammte Toskaner», sein reifstes und bei aller gewohnten Brisanz versöhnlichstes Werk vor. Es ist eine Hymne an Landschaft, Menschen und Wesen der Toskana, aus der (natürlich) auch Malaparte stammte. Scharfsinnig, witzig und poetisch schreibt er über die toskanischen Winde, die Hühnerdiebe von Bisenzio oder über das Verhältnis der Toskaner zu ihren Heiligen und Frauen. «Verdammte Toskaner» ist ein listiges Buch: Jedes Lob und jeder verschmitzte Tadel sind ein Anlaß, dem Rest der Italiener zu sagen, was für armselige Gesellen sie doch sind im Vergleich zu dem edlen, kauzigen Geschlecht der Toskaner. «Wieviel wäre gewonnen, wenn es in Italien mehr Toskaner gäbe und weniger Italiener.» Der Genuß dieses eulenspiegelhaften Sündenregisters ist – wie schon seine brillante Schrift «Verflixte Italiener» (rororo Nr. 1240) – ein delikates Vergnügen; der Autor zeigt uns, wie man sein Land zugleich verspotten und lieben kann. Und sein wortgewandtes Plädoyer, daß die Toskaner die letzten Repräsentanten eines unbequemen, originellen und wahrhaft freien Menschentyps seien, und deshalb alles andere als «verdammenswert», daß sie vielmehr ein Vorbild sein sollten für eine sich immer kollektiver gebärdende Welt: diese Kunde ist nicht nur für italienische Leser gedacht.*

*Curzio Malaparte (eigentlich Kurt Erich Suckert) wurde als Sohn eines Deutschen aus Zittau und einer Italienerin am 9. Juni 1898 in Prato geboren und starb am 19. Juli 1957 in Rom. Nachdem er es im Ersten Weltkrieg als Freiwilliger bis zum Hauptmann gebracht hatte, arbeitete er von 1918 an als Journalist: er gründete 1924 die Zeitschrift «La Conquista dello Stato», war von 1928 bis 1931 Leiter der «Stampa» und Mitdirektor der «Fiera Letteraria» und gründete 1937 die Literaturzeitschrift «Prospettive». Anfang der zwanziger Jahre schloß er sich den Faschisten an, wurde aber später aus der Partei ausgeschlossen und auf die Liparischen Inseln verbannt. Nach dem Zusammenbruch des Regimes war er italienischer Verbindungsoffizier zu den amerikanischen Streitkräften. – In Deutschland wurde Malaparte, der zahlreiche Essaybände und Romane veröffentlichte und Drehbuch und Musik zu einem Film schrieb, bei dem er dann auch selbst Regie führte («Der verbotene Christus», 1951), vor allem durch seine weltweit erfolgreichen polemischen Romane «Kaputt» (1944, dt. 1951) und «Die Haut» (frz. 1944, ital. 1949, dt. 1950) bekannt, in denen er den sittlichen Verfall in der Kriegs- und Nachkriegszeit schilderte.*

CURZIO MALAPARTE

# Verdammte Toskaner

ROWOHLT

Die Originalausgabe erschien bei Vallecchi Editore, Florenz,
unter dem Titel «Maledetti Toscani»
Aus dem Italienischen übertragen von HELLMUT LUDWIG
Umschlagentwurf Jürgen Wulff

Ungekürzte Ausgabe
Veröffentlicht im Rowohlt Taschenbuch Verlag GmbH,
Reinbek bei Hamburg, Mai 1970
© Stahlberg Verlag GmbH, Karlsruhe, 1957
«Maledetti Toscani» © Vallecchi Editore, Florenz, 1956
Gesetzt aus der Linotype-Aldus-Buchschrift
und der Palatino (D. Stempel AG)
Gesamtherstellung Clausen & Bosse, Leck/Schleswig
Printed in Germany
ISBN 3 499 11279 5

*Wieviel wäre gewonnen, wenn es in
Italien mehr Toskaner gäbe und weniger Italiener.*

Ist es schwierig, Italiener zu sein, so ist es besonders schwierig, Toskaner zu sein: viel schwieriger als Lombarde, Piemonteser, Abruzzeser,
Römer, Neapolitaner oder Franzose, Deutscher, Spanier, Engländer.
Nicht etwa, weil wir Toskaner besser oder schlechter als die anderen,
Italiener oder Fremde, sind, sondern weil wir Gott sei Dank anders
sind als die anderen Völker: etwas ist in uns, ist tief in unserem Wesen, in unserer Natur, etwas, das verschieden ist von dem, was die
anderen in sich haben. Vielleicht auch deshalb, weil bei der Frage, ob
besser oder schlechter als die anderen, es uns genügt, nicht wie die anderen zu sein, denn sehr wohl wissen wir, wie leicht und unrühmlich
es ist, besser oder schlechter zu sein als ein anderer.

Niemand mag uns, und unter uns gesagt: das berührt uns nicht.
Und wenn es zutrifft, daß niemand uns verachtet, da ja der Mensch,
der die Toskaner verachten könnte, noch nicht geboren ist und wohl
nie geboren werden wird, so trifft es doch auch zu, daß alle voll Argwohn gegen uns sind. Vielleicht weil sie sich nicht als unsere «compagni», unsere Weggenossen, empfinden: «compagno», als toskanisches
Wort, bedeutet wesensgleich. Oder vielleicht weil wir lachen, wo und
wenn die anderen weinen, und wo die anderen lachen, schauen wir, ohne die Wimper zu zucken, ihnen still beim Lachen zu, bis das Lachen
ihnen auf den Lippen erstarrt.

Einem Toskaner gegenüber verspüren alle ein Unbehagen. Ein Schauer
fährt ihnen ins Gebein, kalt und spitz wie eine Nadel. Unruhig und
argwöhnisch schauen alle um sich. Ein Toskaner öffnet die Tür und
tritt herein: verlegenes Schweigen empfängt ihn, stumme Unruhe
schleicht sich ein, wo eben noch Frohsinn und Vertraulichkeit herrschten. Es genügt das Erscheinen eines Toskaners, um ein Fest, einen Ball,
ein Hochzeitsmahl in eine trübe, stumme, kalte Zeremonie zu ver-
wandeln. Ein Begräbnis, an dem ein Toskaner teilnimmt, wird zu einem
ironischen Ritus: die Blumen beginnen übel zu riechen, die Tränen
trocknen auf den Wangen, die Trauergewänder wechseln die Farbe, sogar der Schmerz der Anverwandten des Toten wirkt wie Hohn und

Spott. Es genügt, daß sich im Publikum ein Toskaner mit seinem unmerklichen Lächeln um die Mundwinkel befindet, und augenblicklich verwirrt sich der Redner, das Wort zerrinnt ihm im Munde, die Geste gefriert noch halb in der Luft. Ein General spricht zu seinen Soldaten von Ruhm, von Heldentod, vom «untrennbaren Wohl von König und Vaterland». Wenn unter den Soldaten dort hinten in der letzten Reihe ein Toskaner steht und ihn anblickt, beginnt der General sofort zu stottern, stößt den Degen zurück in die Scheide, rollt die Fahne ein und geht von hinnen. Hier muß gesagt werden, daß die Italiener Schlachten nur dank dem ironischen Lächeln dieses toskanischen Soldaten, dort hinten in der letzten Reihe, gewinnen. Wenn dieses Lächeln nicht zugegen ist und die Generäle auf Trab bringt, geschieht, was geschehen muß. Und wieviel Jammer wäre uns erspart geblieben, wenn Mussolini, statt vom Balkon des römischen Palazzo Venezia, von der Terrasse des Florentiner Palazzo Vecchio gesprochen hätte!

Argwohn und Feindschaft der anderen Völker, Italiener wie Fremde, bedeuten uns zweifellos eine Ehre, sind sie doch offenkundig Zeichen von Achtung und Respekt. In einer Zeit wie dieser, einem Zeitalter der Heuchelei, der Rückgratlosigkeit und Willfährigkeit auf allen Gebieten, ist es stets eine Ehre, für den einzelnen wie für ein Volk, gefürchtet und befehdet zu werden. Es gibt Menschen und Völker, die darunter leiden, daß sie nicht geliebt werden: es sind jene, deren Natur weiblich ist. Aber ein kräftiges, vorurteilsloses, kühnes Volk wie das toskanische, dem niemals jemand zugetan war und das seit Jahrhunderten an anderer Neid und Argwohn gewöhnt ist, sollte darunter leiden? Und weshalb? Alles sind wir, wir Toskaner, nur nicht weibisch. Und daß die andern uns nicht wohlwollen, uns mißtrauen, Eifersucht und Furcht vor unserer besonderen Art der Intelligenz empfinden, vor unserer Art und Weise, den Nächsten anzuschauen und kühl über ihn zu lachen, wo ein anderer, der nicht Toskaner ist, weinen würde, kurz, daß alle gegenüber dem, was sie unzutreffend unsern Zynismus, unsere Gefühllosigkeit, unsere höfliche Anmaßung nennen, argwöhnisches Mißtrauen empfinden, ist uns fast eine Freude. Ja, um ehrlich zu sein, würde ich sagen, daß wir das genießen.

Aber was wir noch mehr genießen, das ist, zu sehen, wie alle, Italiener wie Fremde, sich über die Verachtung wundern, mit der wir ihnen ihren Argwohn und ihre Feindseligkeit heimzahlen. Die keine zufällig entstandene, weder aus Rache oder Eitelkeit noch aus Stolz geborene Verachtung ist: sondern eine aufrichtige, zornige, fröhliche, wohlüberlegte und uralte Verachtung. Und es genügt, einem Toskaner beim

Gehen zuzuschauen, um zu begreifen, aus welchem Stoff seine Verachtung gemacht ist.

Schaut euch an, wie ein Toskaner geht. Er geht mit aufrechtem Kopf, die Brust heraus, mit straffem Gesäß. Er bewegt sich schnell, blickt geradeaus vor sich hin, mit jenem Lächeln auf den Lippen, das wie gemalt wirkt, so echt scheint es. Man möchte sagen, daß er nichts sieht und nichts bemerkt: wie ein Mann, der sich um seine Dinge kümmert und sich nicht mit denen der anderen befaßt. Und doch, wenn er so aufrechten Kopfes dahingeht, die Augen starr vor sich hin gerichtet, sieht und bemerkt er alles, nie geschieht es ihm, daß er schaut, ohne zu sehen, denn der Toskaner sieht auch, wenn er nicht hinschaut. Er lächelt nicht aus dankbarer, liebenswürdiger Gemütsverfassung oder aus hochmütigem Mitgefühl heraus: sondern aus Bosheit, ja, ich würde sagen, aus Geringschätzung. Der wesentliche Grundzug seines Charakters ist nämlich dieser, daß er geringschätzig ist; was aus seiner tiefen Verachtung für Dinge und Umstände der Menschen entspringt, der anderen Menschen, versteht sich.

Zu sich selbst hat der Toskaner Vertrauen, wenn auch ohne Stolz, aber zu den Menschen, zu der Pflanze Mensch, nicht. Im Grunde, glaube ich, verachtet er das Menschengeschlecht, alle menschlichen Wesen, männliche wie weibliche. Und nicht wegen ihrer Bösartigkeit und Schlechtigkeit – der Toskaner fürchtet sich nicht vor den Schlechten – sondern wegen ihrer Dummheit. Gegen die Dummen empfindet der Toskaner Abscheu, denn nie weiß man, was aus einem Dummen alles herauskommen kann. Schau, sage ich, wie der Toskaner geht, und du wirst bemerken, daß er geht, als kümmere er sich immer nur um seine Dinge, als Mensch, der aus uralter Erfahrung weiß, daß das Abscheulichste auf der Welt, und das Hinterhältigste, die Intelligenz ist.

Daß alle Italiener intelligent sind, daß aber die Toskaner bei weitem intelligenter sind als alle anderen Italiener, ist etwas, was alle wissen, was aber nur wenige zugeben wollen. Ich weiß nicht, ob aus Eifersucht oder aus Unverstand dessen, was eigentlich Intelligenz ist: welche nicht Schlauheit bedeutet, wie man gemeinhin in Italien glaubt, sondern eine Art, mit dem Geist die Dinge zu umfassen, sie zu begreifen also und sie zu durchdringen, während Schlauheit lediglich das bedeutet, was ein Augenzwinkern im Vergleich zum steten Blick ist. Und wer wird bestreiten, daß wir Toskaner mit den Augen des Geistes bis auf den Grund der Dinge zu dringen und uns drinnen umzusehen vermögen? Daß wir wie jene Insekten sind, die von den männlichen Blüten den Staub aufnehmen und ihn auf die weiblichen Blüten übertragen? Daß wir die Intelligenz wie Blütenstaub auf die Steine übertragen und daraus Kirchen und Paläste, männliche Türme und weibliche Stadtplätze entstehen lassen? Wer wird bestreiten, daß die Intelligenz in der Toskana zu Hause ist und daß selbst noch die Toren, die anderswo Toren bleiben, bei uns intelligent sind?

Diese Tatsache, daß wir intelligenter sind als die anderen, verzeiht uns niemand in Italien, ja sie wird uns wie ein Fehler des Charakters vorgeworfen. In den Augen der anderen soll unsere Intelligenz nichts als Unehrlichkeit sein, die sich trefflich zu unsern schlimmeren Fehlern gesellt, als da sind: die lose Zunge, Sparsamkeit, um nicht zu sagen Geiz, Grausamkeit, Falschheit, Neigung zum Verrat und einiges mehr. Fast als wären die anderen Italiener Stotterer, Verschwender, Unschuldslämmer, aufrichtig treu und redlich gleich dem Wein vom Winzer.

Verräter die Toskaner? Weshalb sprechen wir nicht sofort darüber, über diesen lustigen Vorwurf, da wir schon einmal unter uns sind und in Italien niemand außer uns – verzeiht mir, wenn ich lachen muß – Verräter ist?

Die Toskaner sind, wie sie sind, sind das, was sie sind, und wenn sie Feind sind, sind sie Feind für die Ewigkeit, und niemals ergeben sie sich, auch nicht, wenn du sie in der Tiefe ihres Herzens vom Gegenteil überzeugt hast. Aber wenn sie Freunde sind, dann sind sie Freunde, und die Welt kann einstürzen, ihre Freundschaft entziehen sie dir nicht. Man komme mir nicht mit der Behauptung, die Toskaner seien Verräter, bloß weil sie, wenn sie gegeneinander Krieg führen, den Verrat als eine Waffe verwenden. Was ist er denn anderes als eine Waffe? Führen vielleicht nur die Toskaner, im Gegensatz zu allen anderen Völkern, Italienern wie Fremden, ihre Feinde hinters Licht? Die Feinde zu betrügen und zu verraten, ist gutes Kriegsrecht; ich weiß nicht, ob jemand behaupten kann, daß ein toter Feind besser sei als ein betrogener und verrateter Feind, daß es besser sei, einen Feind totzuschlagen, als ihn mit List außer Gefecht zu setzen. Denn auch mir will scheinen, daß der übelste Verrat, den man einem Menschen antun kann, der ist, ihn umzubringen, sei es auch auf die redlichste Weise. Da braucht man gar nicht erst Machiavelli zu bemühen, um darzutun, daß, da es nun einmal das Schicksal des Menschen in dieser Welt ist, von seinen jeweiligen Feinden entweder betrogen oder umgebracht zu werden, es besser ist, ihn zu betrügen und ihn totzuschlagen, und noch besser, ihn erst zu betrügen und dann totzuschlagen, und zwar so, daß der Gute deutlich erfährt, von einem Feind betrogen und getötet worden zu sein und nicht von einem Freund, welcher ihn entweder umbringen würde, ohne ihn zu verraten, oder ihn erst umbringen und dann ihn verraten würde. Das ist der Lauf der Welt, und bestimmt ist es nicht Schuld der Toskaner, wenn es so ist und nicht anders.

Ich weiß es, leider: auch uns Toskanern unterläuft es, wenn auch selten, Freunde zu verraten. Betrügt denn nicht sogar in der Liebe der Liebende lieber das geliebte Wesen als das nicht geliebte? Denn der Mensch hat mehr Gefallen daran, die Freunde als die Feinde zu verraten, da ein Verrat gegenüber Freunden echter ist als gegenüber Feinden. Und ferner, welchen Genuß bereitet es, Feinde zu betrügen? Schließlich haben diese schlechten Gesellen ihre Freude daran, so stark ist auch in ihnen, wie bei jedermann, Genuß und Erwartung des Verrats. Wenn sie sich nicht verraten fühlten, wären sie nicht nur enttäuscht, sondern glaubten sich auch einer Sache beraubt, auf die sie ein Recht hatten und die sie erwarteten. So ist der Mensch beschaffen: gibst du ihm nicht, was ihm gebührt, nimmt er dir's übel. Ich will damit sagen, wenn du ihn nicht betrügst, glaubt er sich betrogen. Und darum, um ihm zu geben, was ihm gebührt, um ihm nichts zu rauben, um ihn nicht zu kränken und vor allem, um ihm eine Freude zu bereiten, darum sei ein Ehrenmann und verrate ihn. Wenn er dein Feind ist, wird ihn das sehr erfreuen.

Ist er dein Freund, dann wendet sich das Blatt, und wer sich freut, das bist du. Denn der Freund erwartet nicht und verlangt deshalb nicht, hintergangen zu werden. Wenn du ihn verrätst, kränkt ihn das, und er stirbt erzürnt und schäumend vor Wut. Man kann ihm nicht einmal unrecht geben: niemandem gefällt es, von einem Freund verraten zu werden, auch weil jedermann weiß, daß einen Freund zu verraten das größte und am meisten beneidete Vergnügen ist, und daher ist der erste, der dich um dies Vergnügen beneidet, der Freund, den du verrätst. Wenn solcher Art nun die menschliche Natur ist, wie kann man den Menschen aus dieser größten und meistbeneideten Freude, die Freunde zu verraten, einen Vorwurf machen? Um so mehr als einen Feind zu hintergehen alle imstande sind; nichts Leichteres und, ich möchte sagen, nichts Gemeineres gibt es. Um aber einen Freund zu verraten, braucht es Seelengröße, Adel der Empfindung, hohe Begabung und, wenn der Verrat vollkommen sein soll, redliche Gesinnung. Könnte jemand vielleicht den Toskanern, auch wenn sie gezwungen sind, die Freunde zu verraten, bestreiten, daß sie höchst redlichen Sinnes sind?

Denn wenn es auch den Toskanern manches Mal, jedoch selten, aus Unglück, durch einen bösen Streich des Schicksals geschieht, einen Freund zu verraten, so muß man gerechterweise zugeben, daß sie es ungern tun, gegen ihr Gewissen, mit zusammengepreßten Zähnen, wirklich nur, wenn dazu getrieben und gezerrt, und ehrlicherweise; wie es, um ein Beispiel zu nennen, das für alle gilt, jenem Lorenzino geschah, der seinen besten Freund, den Herzog Alessandro, verriet; nicht derart, will ich betonen, daß er ihn mit eigenen Händen umbrachte, aber ihn, wehmütig zuschauend, erschlagen ließ. Ein erhabener Zug redlicher Sinnesart, wie man ihm in der Florentiner Chronik häufig begegnet. Und nie vergessen es in solch verzweifelten Fällen die Toskaner, den verratenen Freund zu beweinen, ihm zum Friedhof das Geleit zu geben, die Witwe zu trösten, den Waisen beizustehen, kurz, sie unterlassen es nie, die Tat zu bereuen, nicht aus christlichem Empfinden, dessen im Grunde jedermann fähig ist, sondern weil es eine Spielregel ist, und in der Toskana werden Regeln immer beachtet.

Mit alledem will ich nicht sagen, daß die Toskaner in derlei Umständen besser seien als andere Völker, die die Sitte haben, Freunde zu verraten aus Gefallen daran, einen Freund zu verraten. Ich meine nur, sie sind anders: wenn sie inmitten von Menschen mit der Neigung zum Verrat leben, müssen sie notwendigerweise ebenfalls verraten, aber sie tun es lustlos, verziehen dabei das Gesicht aus Widerwillen vor dem, was das Elend der Zeit und menschlicher Jammer sie zu tun zwingt. Und wer will behaupten, daß die anderen Völker, Italiener wie Fremde, für Verrat und Verräter, besonders für Verräter an Freunden, größeren Abscheu empfänden als die Toskaner? Wer will schließlich bestreiten, daß die Toskaner sich lieber verraten lassen, als selbst zu verraten?

Denn so weit ist es mit der Großmut der Toskaner gekommen, daß sie, gutartig und still, mit gesenkten Augen, schüchtern und bescheiden, sich lieber widerspruchslos verraten lassen, als sich mit einem Verrat zu beflecken. Und wenn sie schließlich nicht mehr imstande sind, still und gutartig zu sein, die Geduld verlieren und Verrat mit Verrat beantworten, dann haben sie wenigstens soviel Geschmack und gesunden Verstand, mit Intelligenz zu verraten, und nicht mit jener plumpen, geschwollenen Dummheit, in der andere Völker Meister sind.

Um damit zu unserem größten Fehler, der Intelligenz, zurückzukehren, so frage ich mich, was die anderen Völker uns heftiger vorwerfen: intelligent zu sein oder frei zu sein, denn auch das ist ein schlimmer Fehler von uns. Freiheit ist eine Frage von Intelligenz; von dieser hängt sie ab, und nicht die Intelligenz von der Freiheit. Ich muß sagen, daß nach Auffassung der Toskaner ein nicht freier Mensch ein dummer Tropf ist.

Möglich, daß die Toskaner unrecht haben, doch ist Knechtschaft in ihren Augen immer eine Form von Beschränktheit; Intelligenz und Freiheit sind in der Toskana gleichbedeutende Begriffe. Und nicht nur in Florenz, in Prato, in Pistoia, in Lucca, in Siena, in Pisa, in Livorno, in Grosseto, in Volterra, in Arezzo, sondern in der gesamten Toskana, auch in der geringeren, von der Magra zum Amiata, von den Tiberquellen bis zur Mündung des Ombrone. Es kann wirklich kein reiner Zufall sein, daß die Toskaner stets ein freies Volk gewesen sind, das einzige in Italien, das niemals fremde Knechtschaft erlitten und stets sich selbst regiert hat, mit eigenem Kopf und mit eigener Manneskraft, denn selbst noch die Medici waren zwar Tyrannen, aber ihre Kraft vom Kopf bis in die Lenden war toskanischer Natur. Selbst die Priester hüten sich bei uns wohl, vom Papst zu sprechen, ja sie tun so, als kennten sie ihn nicht, aus Angst, jemand möchte aufspringen und rufen: «Was hat der Papst damit zu tun? In unserem Haus hat der Papst nichts zu bestellen», und wenn sie den Toskanern irgend etwas Römisches zu schlucken geben müssen, so sagen sie nicht, daß der Befehl vom Papst kommt, sondern daß er von dem stammt, der es regnen läßt: weiß man doch, daß der Papst in der Toskana nicht einmal Regen machen kann. So bleibt es eine ausgemachte Sache, daß wir bei uns keinerlei Herren dulden, auch nicht, wenn sie vorgeben, von Gott gesandt zu sein.

Und wenn bisweilen auch uns das Unglück geschah, von Tyrannen regiert zu werden, so muß man zugeben, daß solches Unglück stets nur von kurzer Dauer war und daß wir uns die Tyrannen immer selbst aus der eigenen Familie wählten, es waren Haustyrannen. Die wenigen, die von auswärts kamen, wie der Herzog von Athen, haben wir, sobald wir konnten, ohne besondere Höflichkeit vor die Tür gesetzt, und das höchst eigenhändig, nicht mit der üblichen ausländischen Hilfe. Ich füge hinzu, daß im Vergleich zu dem Dutzend Tyrannen aus Heimat oder Fremde, die in den anderen Landesteilen Italiens die Herren spielten, die unseren, aus unserer Familie gewählten, höchst urban und freisinnig waren und niemals in jene schändlichen Niederungen hinabstiegen, durch die der Name so vieler, italienischer wie ausländischer, Gewaltherren zu trauriger Erinnerung wurde.

So daß also jene Völker, die nicht frei sind, in den Augen der Toskaner einfältige Völker sind. Natürlich wollen die einfältigen Völker von solchen Synonymen, Intelligenz und Freiheit, nichts wissen und behaupten, nicht aus Mangel an Intelligenz Sklaven zu sein, sondern durch höhere Gewalt. Was ein weiterer Beweis für ihre Einfalt ist, denn es gibt keine Kraft, die der Ätze und der scharfen Feile der Intelligenz widerstehen könnte; so wie es wahr ist, daß Tyrannengewalt nicht die kräftigen, nervigen, muskulösen und einfältigen Männer fürchtet, sondern die intelligenten, mögen sie auch hager sein, von geringer Statur und schwachen Schultern.

Um die Auffassung der Toskaner zu bestätigen, daß Intelligenz und Freiheit dasselbe bedeuten, sollte eigentlich die Natur der Knechtschaft genügen, die ja nicht nur ein Leben unter der Knute ist, sondern auch ein Leben in Unterwürfigkeit vor verfehlten oder tölpelhaften Ideen oder vor albernem Aberglauben und bigotter Heuchelei. In der Toskana ist der Knutenbaum immer nur schlecht gediehen, unter tausenderlei Mühsal; er schien, und scheint, ein Gewächs, das mit Spucke bewässert wird. Weihwedelschwinger und jedwede andere Sorte von Bigotten und Scheinheiligen fehlen auch in der Toskana nicht, um gerecht zu sein; doch hier sind sie Wesen, die merkwürdigen Verbindungen entstammen, hämischen Blutsmischungen, und sind eher Kinder von Kreuzungen als des Kreuzes.

Es sind jene besonderen Toskaner, die bei uns «barlacci», muffig, genannt werden, was, falls es einer nicht kennt, vom Ei gesagt wird, das noch nicht gerade faul ist, aber beinahe. Deshalb nimmt es nicht wunder, daß man in der Toskana, wo Diebe und Mörder in weniger schlechtem Ansehen stehen als Wedelschwinger, faule Eier den modrigen vorzieht, aus der Erfahrung heraus, daß alles, was es Übles unter uns gibt, aus muffigen Eiern entsteht.

Oh, Umsicht unserer Väter, oh, lebhafte Intelligenz, oh, aufrechter, stolzer Sinn der alten Toskaner, die in ihrem Haus weder Tyrannen noch Wedelschwinger duldeten und, wenn es die Freiheit zu schützen galt, sich nicht lange bedachten und eilends in Santa Reparata ihren Dolch zückten, auf der Piazza della Signoria den Savonarola verbrannten, dem Papste drohten, der doch selbst Florentiner war, sie würden ihm, wenn er nach Florenz käme, die Eingeweide in die Hand zu fassen geben, was zwar eine liebenswerte Redewendung ist, jedoch dem Papste nicht gefiel, nicht weil es eine vulgäre Redensart sei, sondern weil der Papst wußte, daß die Florentiner es ernst meinten. Oh, bewundernswerte toskanische Frechheit, wie teuer du mir bist! Und wie klingst du züchtig, bescheiden, edel und gottesfürchtig, im Munde all derer von uns, die sich den einstigen Sinn der klaren, gesunden, keuschen Worte erhalten haben, die aus Scheu erröten machen: unsere Schuld ist es nicht, wenn sie in den anderen Sprachen Italiens vor Scham rot werden lassen.

Was liegt daran, wenn jene, die uns übelwollen, Italiener wie Fremde, und die vor Wut und Neid umkommen, sobald wir nur den Mund öffnen, diese unsere alte, wundervolle, unverblümte Freiheit für eine Angelegenheit von Lümmeln, Marktschreiern, Kuttelhändlern, Lohgerbern und Faulenzern erachten? Eine hohe Tugend der Toskaner ist diese unverblümte Art. Du findest sie nicht nur im Munde von Lümmeln und Liederjahnen, sondern auch im Munde eines Dante und eines Boccaccio, eines Sacchetti, eines Lorenzo Magnifico, eines Machiavelli und eines Fazio degli Uberti, eines Cecco Angiolieri, eines Folgore da San Gimignano, um von Berni, Burchiello, Aretino und Lasca zu schweigen. Sogar im Munde des heiligen Bernardino da Siena findest du sie, diese Tugend der Toskaner.

Gedankt sei den Lümmeln und Kuttelhändlern, den Marktschreiern, Lohgerbern und Faulenzern, und Dante und dem Magnifico und dem heiligen Bernardino und den anderen Toskanern allen gleich ihnen dafür, daß es auch in den Unheilszeiten der allgemeinen Freiheit und Buhlerei in Italien, als noch nicht einmal Sprechen sondern bloßes Mundbewegen große Gefahr bedeutete, beherzte und aufrechte Leute gab, die mit offenem Munde sprachen und getrost auf der Straße Päpste, Könige und Kaiser dumme Luder hießen, «bischeri» in unserer Sprache, und keine Angst vor der Hölle hatten: etwas Seltenes und Wunderbares in einem Italien, wo alle ihre persönliche Feigheit mit Furcht vor der Hölle rechtfertigen.

Es mußten erst die Piemontesen Cavours kommen, die Liberalen mit Frackschoß, und die Mailänder der Zeitschrift «Caffè», und die Wedelschwinger, die kindischen Alten, die Gepuderten, die Heuchler ganz Italiens, um vor dem unverblümten Freimut der Toskaner die Nase zu rümpfen. Glaubt man diesen «Italienern», so war das wahre Italien nicht das gesunde, aufrechte, volkstümlich schlichte, das «'Joboia», Gott zum Henker, sagt, sondern das andere, gezierte, mit schmalem Mündchen, weißen Händchen, krausen Näschen, sanft gleitender Stimme, das «permio», bei meinem... sagt, das Italien Manzonis, mit einem Wort. Wer weiß, was aus Italien in den Händen jener Herren geworden wäre, wenn nicht die Toskaner die alte edle Tradition eines volkhaft schlichten, frechen und unverblümten, fröhlichen und unverschämten Italien bewahrt hätten, das auch heute noch das einzige achtungswerte Italien ist, wenigstens in den Augen der Toskaner, die sich auf gewisse Dinge besser verstehen als alle anderen Italiener.

So ist es ein großes Glück für alle in Italien, daß die Toskaner intelligente und somit freie Menschen sind. Und ein noch größeres Glück wäre es, wenn es in Italien mehr Toskaner und weniger Italiener gäbe. Denn Italien benötigt Leute, die ihm Ehre machen; so wie ihm die Toskaner Ehre machen allein durch den Umstand, daß sie intelligent und frei sind, und deshalb, da sie mitten in Italien, am Stützpunkt der Waage, sitzen, ein Gegengewicht gegen die beiden an Intelligenz und Freiheit armen Teile bilden, in die Italien geteilt ist.

## 2

*Sogar im Gebrauch der Worte verzich-*
*ten die Sienesen auf das toskanische Öl*
*zugunsten der Butter.*

Ich öffne das Fenster, und es ist Frühling, ich schließe das Fenster, und es ist Frühling. Ich greife nach dem Glas, das auf dem Tisch steht, fülle es mit Wasser, und es ist Frühling. Es ist April, und die ganze Toskana ist Frühling, aber auf Toskaner Art, die eine säuerliche, etwas herbe Art ist, nach frühen Trauben schmeckt und Augen und Zähne zusammenzieht.

Ich wende mich um, und ich weiß nicht mehr, ob ich mich in Forte dei Marmi in der Versilia oder in Volterra befinde, in Montepulciano oder in der Pineta von Galceti bei Prato oder in San Gimignano. Vielleicht ist dieser spiegelnde Schein des Himmels auf dem Dach, dieser leuchtende Schatten in der Tiefe des Brunnens, der zarte Schimmer der «Veilchen der Santa Fina» in den Spalten des Turms, vielleicht ist all dies San Gimignano? Ich berühre den Wasserkrug, und es ist Frühling in San Gimignano, ich schließe die Vorhänge, und das grüne Halbdunkel im Zimmer ist Frühling in San Gimignano. Auch im Zimmer ist heute, in diesem Augenblick, Frühling, in der Badewanne, wo die schöne, üppige Frau und der junge Mann mit den schwarzen, glänzenden Schildkrötenaugen die Hand durch Wasser gleiten lassen, um sich zu liebkosen. Weit stoße ich das Fenster auf, und das summende Ungeheuer, das der Frühling ist, will gewaltsam hereindringen, ich wehre ihm mit der Brust, breite die Arme aus, wie ein Segel, das den Wind in seinen Schoß einfängt, ihn nicht vorbeistreichen lassen will und ihm widersteht.

Plötzlich strömen alles Grün, alles Grau, alles Ocker der Felder und der Hügel in mein Zimmer, und zuletzt dringt das ferne Blau der Montagnola herein, verschleiert vom Silber der Ölbäume von Poggibonsi und Colle d'Elsa; das ganze freie Land um Siena dringt mit aller Macht in mein Zimmer, ich befinde mich plötzlich mitten im weiblichsten Land der Toskana, und ich höre es sprechen. Das ist nicht die hohe, in den «e» und «i» ein wenig unreine Stimme Folgores, eine Kopfstimme, noch ist es das dünne Stimmchen des heiligen Bernardino, sondern die jugendliche klare Stimme der Menschen dieses

Teils des Gebietes von Siena, die eine höfliche, eine lächelnde Sprache sprechen, ähnlich dem Griechisch der Gastmahlsgefährten Platons, deren Rede das Männliche der Sprache eingebüßt hat. Das Männliche der griechischen Sprache, die du im Munde des Volks von Florenz und von Pisa hörst, des Volks von Arezzo und Volterra, wo die Toskana am männlichsten ist.

Ich kann die sienesische Sprechweise nicht hören, ohne daß sich mir das Herz bewegt. Doch in San Gimignano, das immer oder fast immer florentinisch war, wenn man von jenen hundert und hundertfünfzig Jahren seiner Freiheit als selbständige Stadtgemeinde absieht, ist die Sprechart nicht rein sienesisch, sie hat im Grunde etwas Trübes, etwas Florentinisches: ein Echo des rauhen Kratzens in der Kehle, jenes gezischten «s», jenes plötzlichen Ausweichens vom harten «t» in die weiche Kadenz des griechischen Theta. Das kommt vom Sprechen mit breitem Mund und mit nur halbgeöffneten Zähnen, wie es den Florentinern eigen ist. Man spürt eine Art Hängenbleiben heraus, ein nachgeschlepptes Gewicht, ich würde sagen, etwas wie Angst, wie wenn diese Völker um Poggibonsi, zur Hälfte bereits sienesisch, nicht den letzten Mut aufbrächten, Florenz den Rücken zu kehren. Als ob der Florentiner Tonfall das Gebiet von Siena belagerte und aufrecht in der Tür der Landschaft um Siena stünde, mit seinem anmaßenden Ausdruck und seinem herausfordernden, spottenden Blick. Hier versuche ich die Tür aufzustoßen und einzutreten.

Ins Land von Siena dringt man ein wie in Butter. Und etwas Butterartiges liegt tatsächlich nicht nur im Sprechen, sondern in der Art des Auftretens, in der Bereitschaft des Ausdrucks zum Kompliment, zum rücksichtsvollen Lächeln, zum glatten Blick des wohlerzogenen, ein wenig schüchternen Hausherrn auf den fremden Gast. Sogar im Gebrauch der Worte verzichten die Sienesen auf das toskanische Öl zugunsten der Butter. Sie sagen «citto» statt «ragazzo» für Junge, sagen «cittino» statt «bambino», wie in der Lombardei und in allen jenen Städten und Orten, wo Völker leben, die «magara» sagen, ein barbarisches Wort, das Dante entsetzte und mit dem er sein Werk «De vulgari eloquentia» abschloß. Woher mag dieses «citto» kommen? Von den Langobarden? Aber die Nordländer, die in jedem anderen Teil Italiens sich als Herren festsetzten, sind doch bei uns in der Toskana lediglich durchgewandert. Mehr als ein Durchwandern war es ein langsames Vorbeiziehen. Die wenigen, die blieben, als Lebende, beeilten sich, toskanisch zu sprechen. Woher also mag dies «citto» stammen?
    Und dies milde Lächeln, diese Affektiertheiten, woher stammen sie?

Dieses leise Sprechen, mit gedämpfter Stimme, wie aus Furcht, im Nebenzimmer gehört zu werden, und das langsame Bewegen der Hände, das Sichumschauen alle Augenblicke, wie aus Scheu vor den Nachbarn, und das Gehen mit kurzen, leichten Schritten, und die ganze Sparsamkeit, was auf toskanisch Geiz bedeutet, des Gebarens, was ohne Zweifel einem Sinn für Sparsamkeit im Leben entsprechen muß, in der Verwaltung des Hauses, des Besitzes, der Stadt, der gesamten Existenz eines jeden und des ganzen Volkes.

Ich weiß nicht, woher dieses lombardische «citto» stammt, aber das übrige, weiß ich, kommt aus Siena, und es ist Gentilezza, liebenswerte Äußerung des Herzens: die berühmte toskanische Gentilezza, die man überall suchen mag, aber nur unter Sienesen antrifft. Mag auch noch so sehr für Eiferer, für die großherzoglichen Grammatikforscher die Gentilezza etwas Toskanisches und alles Volk in der Toskana «gentile» sein. Geht doch nur und sucht die Gentilezza in Campi Bisenzio, in Prato, in Tavola, in Jolo, in Pisa, in Arezzo, in Empoli, in Figline oder auf der anderen Arnoseite von Florenz, in San Frediano. Geht doch nur und sucht sie bei den männlichen Toskanern, diese Gentilezza für Manzoni-Eiferer und Akademiker der Crusca! Unter uns gesagt, ist die Gentilezza nur in Siena zu Hause. Anderswo, in der übrigen Toskana, ist sie Gesittung des Benehmens, nicht der Stimme, des Gesichtsausdrucks, des Tonfalls, der Worte. Gesittung, nicht Liebenswürdigkeit, was zwei sehr verschiedene Dinge sind. Wenn man einen Florentiner fragt, welches der Weg zur Piazza della Signoria oder zum Ponte alle Mosse oder sonstwohin sei, so wird der Florentiner gesittet antworten, nicht liebenswürdig, nicht mit «gentilezza». Die Urbanität der Florentiner und der anderen männlichen Toskaner in Pisa, Arezzo, Livorno, den Maremmen ist alles, nur nicht Gentilezza; dies ist sie nur in Siena.

Man hört aus der Art, wie der Florentiner einem antwortet, eine gewisse Gequältheit, eine Herablassung, eine Eile und zugleich ein Vorbeugen, einen Argwohn, was alles nicht zur Gentilezza, zur Liebenswürdigkeit gehört; welche den Argwohn nicht ausschließt, der stets gegeben ist, aber sich begnügt, ihn zu maskieren. Versuche einmal, einen Florentiner Heiligen (das scheint unmöglich, aber es gibt sie) um irgendeine Auskunft, zum Beispiel über das Paradies, zu fragen. Du wirst hören, was das für eine Antwort ist. Er wird dir zwar Auskunft geben, doch mit gepreßten Zähnen, mit Blicken, die dich von Kopf bis Fuß abhobeln, so als wärest du nicht nur nicht würdig ins Paradies aufzusteigen, sondern nicht einmal danach zu fragen. Selbst wenn dieser Heilige San Zanobi wäre, oder Santa Reparata, oder jener Heilige für Herren, der Filippo Neri heißt, so wird es ein Wunder sein (auch die Heiligen versuchen sich in der Toskana gelegentlich in Wundern), wenn er nicht nach dem Bargello, dem Büttel, ruft.

Doch versuche, den heiligen Bernardino da Siena um Auskunft über das Paradies zu fragen. Schau nur, wie er stehenbleibt, wie er sich eilfertig umwendet, indem er erst leicht den Hals dreht, ehe er sich mit dem ganzen Leib umkehrt; und wie er dich lächelnd anschaut, ohne sichtlichen Argwohn, ohne Anzüglichkeit. Argwohn und Anzüglichkeit sind zwar vorhanden, aber nur so wie der Schatten auf dem Grund des lichtesten Wassers, auf dem Grund des strahlendsten Blickes. Und wer sich mit Bernardinos Arglosigkeit nicht auskennt, der hält sie für Arglosigkeit, vertraut sich ihr an, wie der einfache, ehrliche Mensch sich der Arglosigkeit anvertraut.

«Was begehrt ihr?» wird San Bernardino zu dir sprechen und dabei das Kinn bewegen, das bei ihm glatt ist und ein wenig feminin, ein Kinn wie das einer alten Frau, er wird dir zulächeln, indessen er sich mit der Zunge innen die Lippen befeuchtet. Und sobald du ihm dann gesagt hast, was du von ihm möchtest, wird er dir antworten, ohne auf die Kanzel zu steigen, einfach so, freundlich und höflich, er wird dir erzählen, was das Paradies ist und wo es ist, wie es aussieht, wie groß es ist, wie viele Zimmer es hat, wie viele Treppen, wie viele Kirchen, wie viele Küchen; er wird jedes Wort in der Verkleinerungsform gebrauchen, alles auf -ine, stanzine, chiesine, cucinine wird er sagen, bis das Paradies dir schließlich wie eine Art Palazzo Piccolomini oder Palazzo Tolomei erscheint, aber klein, ganz klein, so daß man nur sich kniend und nur zu ganz wenigen darin bewegen kann. Ein Paradies auf Sieneser Art. Und San Bernardino wird dir sagen, wie man hingelangt, was man dort vorfindet, er wird dir die Möbel beschreiben, die Bilder, die Vorhänge und den Blick aus den Fenstern und wie der Heuboden und die Küche ist, was sich in Keller und Speisekammer befindet, was im Topfe schmort und was gerade am Spieß gewendet wird, in dem großen Kamin aus lichtem Stein. Je nach der Jahreszeit wird er dir sagen, daß es Schnepfen sind oder Drosseln vom Monte Follonico oder Hasen aus Torrita und Sinalunga oder Wachteln vom Cetona, und leise wird er dir vom Wein erzählen, dem «Nobile» aus Montepulciano; nur wird er seufzend gestehen, daß er ihn nicht trinkt, denn Trinken bekommt nicht, er bringt in die Hölle, und dabei wird er sich mit den Lippen die Zungenspitze befühlen wie die Spitze eines Zapfens am Faß.

Sooft ich mich in der Toskana Sienas befinde und an San Bernardino denke, fällt mir Franco Sacchetti ein. Denn wenn auch auf den ersten

Blick keinerlei Beziehung zwischen dem Heiligen aus Siena und dem Novellisten aus Florenz zu bestehen scheint, bemerkt man doch, wenn man darüber nachdenkt, daß sie Brüder sind. Nicht feindliche Brüder, sondern echte Brüder. Die Predigten San Bernardinos und die Novellen Sacchettis haben eine Verwandtschaft, die nicht nur literarisch ist. Sie gehören alle beide einer einfachen, hausgemachten Bildungs- und Gesittungsstufe an, zwischen dem kleinstädtischen und dem bäuerlichen Lebenskreis, der Bildungs- und Gesittungsstufe von Handwerkern, Gutsverwaltern, Züchtern, Gärtnern, Müllern, Gastwirten, Fuhrleuten, Mönchen und Nonnen. Die gleiche Jahreszeit, die gleiche Luft, derselbe klare Himmel, dieselben Gerüche, Farben, Geschmackseindrücke. Eine Luft, die nach Gras und Zwiebeln schmeckt, nach Petersilie und Knoblauch, nach Erbsen und Dörrfisch, nach Korn und Hobelspänen, nach Öl und Wein, nach frischgesprengten engen Straßen an einem Sommerabend vor der Haustür. Dieselben Städte und dieselben Flecken, in denen sich zwischen Laden und Laden, zwischen Kloster und Kloster, zwischen Palast und Gefängnis, zwischen Krankenhaus und Friedhof, zwischen Haus und Haus grüne nach Salbei duftende Gärten öffnen. Orte und kleine Städte, die sich vertraut an die Stille des Landes um Siena lehnen. Eine Stille wie eine hohe, vom Schrillen der Schwalben bekratzte Mauer. Aber vor allem, derselbe Menschenschlag.

Du täuschst dich, wenn du annimmst, San Bernardino sei voll Zorn und Verachtung für jenes kleine Volk von Fischern, zu dem er mit solch schlichter und friedfertiger Heftigkeit sprach. Obgleich er zu Christen voller Lüste und Sünden predigte, die mehr den Lastern und Fehlern als der Tugend und der Reue geneigt waren, obgleich er sie in jedem Wort mit dem ewigen Feuer bedrohte, hatte er im Grunde Achtung vor ihnen. Er war diesen boshaften, geschwätzigen, geizigen und verlogenen kleinen Frauen wohlgesinnt, diesen verschlagenen, knickrigen, respektlosen und diebischen Männern. Sie waren sicherlich nicht so, wie er sie gewollt hätte; doch selbst so mißfielen sie ihm nicht. Um so besser, daß sie nicht schlimmer waren! Was für Sünden waren denn schließlich die der armen Leute im Vergleich zu den Lastern und Sünden großen Stils der Mächtigen? «Alle werdet ihr brennen!» rief Bernardino mit seiner zierlichen Sieneser Stimme; und er lächelte wie ein Vater zu seinen Kindern, wobei sein spitzes Kinn bald dahin, bald dorthin deutete.

Und das gleiche gilt von Sacchetti. Wo du auf den ersten Blick glaubst, die Verachtung des Moralisten für all diese Händler, Wirte, Gaukler, Räuber, Doktoren, Mönche und verkommenen Frauen zu spüren, merkst du nach und nach, wenn der erste Brandgeruch verflogen ist, daß Sacchetti sie nicht nur verstand, sondern in seinem Herzen auch achtete; er nahm sie, heißt das, auf ihre Weise, beurteilte sie als schlichte oder durchtriebene, harmlose oder überhebliche Leute, alle mit flinkem Mund und flinken Fingern, doch auf jede Weise Glieder einer achtsamen, gesitteten Menschheit, einer Gesellschaft, in der Soll und Haben sich ausglich und die betrügerischsten Rechnungen nicht immer mit einer Gemeinheit bezahlt wurden. Der Stock, versteht sich, kreiste damals in allen Ländern, fröhlich und belaubt, und setzte mit jedem Schritt vorwärts neues Grün an. Alles jedoch endete in Scherz und Spaß, in Essen und Trinken, in Gelächter, auch wenn mitunter das Lachen schlimmer war als Stockhiebe. Denn unter dem Geflecht von allem Hohn und Spott, unter der derben Schale der Worte, mit denen die Gestalten Sacchettis einander peitschen und kratzen, fühlt man die gegenseitige Achtung, das witzige Bewußtsein der Mittäterschaft, nachsichtiges Verständnis für den Zustand der Menschen.

Die wahren Verworfenen, die wahren Übeltäter, die wahren Verdammten sind selten in den Novellen Sacchettis; und selten mußten sie auch unter der Menschenmenge sein, die kniend auf der Piazza San Francesco oder der Piazza del Campo die Predigten San Bernardinos mit anhörte. Jene Zeit, die vom Urgrund der dunklen Jahrhunderte her bis an die glänzende, öde Schwelle der Renaissance gelangt, erscheint uns durch eine lodernde Flamme von Schlechtigkeit und ruchlosen Lastern verbrannt und geschwärzt; aber auch sie war, was das Volk betrifft, eine schlichte, bescheidene, kindhafte Zeit. Läßt du die Ehrgeiz- und Haßorgien, die schmählichen Umtriebe der Mächtigen beiseite, dann kannst du nicht sagen, daß das Volk von bösen Leidenschaften versengt, nach seltsamen und übermäßigen Lastern gierig war. Es war von aufrechtem Gebaren, Geschmack und Sitten, in gewissem Sinne harmlos. Eine Art kindlicher Phantasie bewegte die Gedanken und das Handeln des armen Volkes. Was es vielleicht vor Übel und Verderbnis des Jahrhunderts bewahrte, war der Scharfsinn, die Ironie, die gute Laune, der gutmütige Realismus des Alltags, dieselben Gaben, die man heute noch bei den kleinen Leuten der Toskana, Umbriens, der Marken antrifft. Es war, vor allem, jener ums Haus gravierende Geschichtssinn, aus dem heraus der «Particularis», der Privatmann, sich in Sicherheit vor jeder allgemeinen Umwälzung fühlte, vor jeder Gefahr öffentlicher Natur, wie es für gewöhnlich jeder tut, der sein eigenes Haus hat. Die Toskana war auch damals das einzige Land in der Welt, das ein «Haus» war; das übrige Italien und Frankreich, England, Spanien, Deutschland waren Republiken, Monarchien, Reiche, nicht «Häuser». Und jene irren, verwerflichen Fremden, die durch die Welt zogen, um Kriege zu führen, Burgen zu belagern, Städte zu erobern, Reiche zu stürzen, Gärten, Keller und Kornschober zu plündern und zu brandschatzen, wurden vom «Particularis» der Toskana als elende Obdachlose, als unselige Landstreicher und Vagabunden betrachtet, deren Schicksal es war, auf öffentlichen Plätzen und in den Gräben längs der Straßen wie Hunde zu sterben.

In einer Zeit, da die Mächtigen einander Staaten, Ehre, Leben raubten, einander mit Waffen und Verrat zu Leibe gingen, mit Söldnerheeren einander bekriegten und Italien vom einen Ende zum andern durchzogen, um zu brennen, zu töten, zu plündern, wie harmlos und kindlich erscheinen da auch die bittersten Scherze und Späße, sogar die Schlechtigkeiten und Bösartigkeiten des kleinen Volkes! Was sind gegenüber den blutigen Spielen des Ehrgeizes, gegenüber den Lastern, Räubereien, Überfällen, Ermordungen und den Kriegen der Mächtigen die Späße und Scherze, die unscheinbaren Diebereien und Winkelsünden, die Betrügereien und Stockschläge des kleinen Volkes? Es ist eine Freude, zu sehen, während das Florenz des Messer Franco, das Siena des heiligen Bernardino, die Toskana und ganz Italien voller Tyrannei, Totschläge, namenloser öffentlicher wie privater Delikte gegen Würde und Freiheit der Staaten und der Völker, gegen Ehre und Gut der Bürger waren, es ist eine Freude, sage ich, diese braven Handwerker, Schankwirte, Fuhrleute, Mönche, Dutzendfrauen und Bettler sich damit vergnügen zu sehen, einander mit Worten, Blicken, Lachen hochzunehmen oder, wie Sacchetti sagt, zu «beißen», sich die Kleider vom Leibe zu schneiden und manchmal auch die Haut, doch nur wenig Haut, und alles mit vielem Scharfsinn und vielem Glück der Launen und der Einfälle. Sie verhöhnen und verspotten sich, sie prügeln sich, sie genießen die Übel anderer und lachen öffentlich über die eigenen, kurz, sie machen sich Luft auf gemeinsame Kosten, und doch spürst du, daß sie im Grunde einander gut sind, sich gegenseitig bedauern, sich achten als das, was sie sind, das heißt als brave Leute.

Ein großartiges Volk, diese Toskaner; eine weise, wundervolle Zeit, die Epoche von Sacchetti bis San Bernardino, von Dante bis Lorenzo. Und es war eben die Epoche, in der der Nebel der wilden, grausamen Zeiten dünner wurde und bereits das heftige, falsche Licht der Renaissance aufzuglimmen begann. Noch liegt nicht die fahle Stimmung Machiavellis und Guicciardinis in der Luft. Die Seelen waren heiter, die Sitten schlicht, ein höfisches Italien bildete sich mühsam, Fluch und Verwünschung aller Art begleitete es. Die gewohnten Formen gesitteten Lebens, die die Formen des Volkes waren, gerieten in Verfall, kamen außer Gebrauch, neue Klassen, reicher an Erfahrung und an Geld, traten an die Stelle der alten und einfachen, Italien wurde sehr rasch eine Provinz Europas, und trotzdem fuhr das toskanische Volk fort, sein gerades, ironisches Leben zu leben, es lebte im eigenen Hause, als wären Italien und Europa unbestellte Felder, als wären die Staaten, die Monarchien, die Reiche unfruchtbares Gelände, als wären Kultur und Menschenschicksal nicht so sehr vom Papst und vom Kaiser, nicht so sehr von den hohen geheimnisvollen Geschäften der Politik als eher vom Monde abhängig, von den Launen der Jahreszeiten, von der Ernte des eigenen Gutes und vom Salat des Gartens am Hause.

An der Parenthese der Knechtschaft, die sich für Italien bereits ankündigte, mit den drei Jahrhunderten der Invasionen und fremder Gewaltherrschaften, blieb das kleine Volk in der Toskana unbeteiligt. Ich will sagen, daß es nicht an den Ruhm und Glanz der anderen glaubte. Und dann sah man, und sieht es noch heute, daß an dem Tage, da Italien wieder in einem blutbesudelten, ordnungslosen Europa ein eigenes Gesetz aufzustellen begann, das Antlitz, das als erstes aus den Trümmern auftauchte, besonders in der Toskana das Gesicht des kleinen Volkes war. Die Sprache, die unter dem Lärmen der Rhetorik und dem Knattern der klassizistischen Trompeten wieder in Gebrauch kam, war die Sacchettis, war die Bernardinos. Eine Sprache, die unter all den anderen die lebendigste, die aufrichtigste, die christlichste und, wenn man will, die politischste und italienischste war; die schließlich die gleiche wie die des «Principe» und der «Storie d'Italia» ist. So daß, wenn man Machiavelli oder Guicciardini liest, man stets dahinter zu hören glaubt, wie Sacchetti seine spöttischen Streiche und Witze erzählt oder Bernardino auf der Straße einer knienden Menschenmenge predigt oder wie er unter Freunden im mageren Refektorium eines armen, nur in Kalk getünchten Klosters auf dem Lande oder um den gedeckten Tisch im Laden eines Schuhmachers, unter der Pergola einer Schenke oder auf der Tenne eines Bauern spricht.

San Bernardino bricht das Brot, würzt den Salat und sagt unterdessen zum einen: «Zur Hölle würde ich dich schicken», und zum andern: «Bei allen Sünden, die du auf dem Leibe hast, würde ein gutes Glas Wein dir guttun», und er erzählt, was ihm an jenem Tage in Asciano geschah, an einem andern in Monteriggioni, und dann in Colle, in Sarteano, in Montalcino. Schließlich, nach beendetem Essen, fängt er an von Christus zu sprechen, von den Aposteln, den Märtyrern, den Heiligen, und es ist, als erzähle er eine Novelle des Sacchetti. Als ob er die Wunder, von denen er spricht, nicht im Evangelium und in den

Heiligenlegenden, sondern in jenem geheimnisvollen Buch gelesen hätte, von dem Sacchetti in einer seiner Novellen scherzend behauptet, daß er es immer bei sich trüge (er nennt es «cerbacone», und will damit bedeuten: Gehirn), in dem die wahre Geschichte des toskanischen Volkes geschrieben steht.

Er wird sich mit den Lippen die Zungenspitze befühlen, der heilige Bernardino, wie die Spitze des Zapfens eines Fasses, und dann wird er dir weiter erklären, welches der kürzeste und der längste Weg ist, um ins Paradies zu gelangen, welches die Fallgruben, die schlimmen Begegnungen, die Gefahren sind. Und wenn du ihm mit geschlossenen Augen zuhörst, wirst du glauben, in Siena oder in San Gimignano oder in Castiglion d'Orcia zu sein, in Torrenieri oder in Pienza, an einem Markttage, und du wirst glauben, die Händler, die Verwalter, die Aufseher, die Gärtner, die Fuhrleute, die Wagner, die Schmiede, die Tischler zu hören, die ihre Geschäfte abmachen und sich gegenseitig zur Hölle schicken, auf den Plätzen, die in der Sonne gären und aufgehen wie Brotteig im Backtrog.

Denn die Menschen aus dem Land um Siena sprechen alle wie Bernardino, ich meine in dem gleichen Tonfall, als ob sie zu ihren «mi' vecchine, mi' cittini, mi' sposine, mi' compari» sprächen, sanft, mit leiser Stimme, mit jener Gentilezza, die es nur in Siena gibt. Und wenn sie sich kratzen müssen, tun sie es mit Artigkeit, wenn sie sich schneuzen müssen, tun sie es unauffällig, wenn sie jemandem einen Stoß versetzen müssen, tun sie es mit Manier: mit jener Artigkeit, jener Unauffälligkeit, jener Manier, mit der die sienesischen Maler ihre Madonnen malten, ihre Kinder und ihre Heiligen, ihre Engel. Sie malten Händchen, Näschen, Bäckchen, Mündchen, Härchen, Beinchen, Ärmchen, Füßchen, Fingerchen; und die Flügel, die Flügelchen der Engel sind wie die Flügel einer Fliege, silbrig und durchsichtig, die Wolken, auf denen die Madonnen sitzen, sind wie ein Hauch, aus wehem Mund, ihre fernen Berge, in denen ich den Amiata, den Cetona, den Radicófani, die Hügel von Colle d'Elsa, von San Gimignano, von Montalcino, von Montepulciano wiedererkenne, sind wie Erdhäufchen, ihre Himmel sind wie Himmelsscheibchen, ihre Felder kleine Feldstückchen. In diesem Universum der liebenswürdigen, zartgesitteten Menschen mit blassen Händchen, rosigen Näschen, blauen kleinen Augen und der grünen Bäume, der rosigen Flüsse, der Silberoliven, der weißen und grünblauen Straßen weht eine häusliche Luft, die Luft von Siena; eine Luft, die dir ein florentinischer Maler mit einem einzigen Atemzug verbraucht.

Zum Glück hat die Natur, die die Dinge macht, wie es sich gehört, Sorge getragen, daß sich um Siena und die Sienesen ein Gürtel lebhafter Menschen schlingt, die laut sprechen und kräftig denken und harten Mundes essen und trinken und atmen und kämpfen und gehen und lieben, auf daß die Gentilezza Sienas nicht ansteckend werde und nicht allzu weich und liebenswürdig mache; Menschen, die, so wie sie sind, gut geraten sind, ganz heftiger Blick, Ellbogen und Knöchel. Und wenn die Natur auf drei Seiten die Florentiner, die Volterraner, die Aretiner, die Leute am Amiata und in den Maremmen gesetzt hat, so setzte sie im Osten die Leute um Perugia, die einzigen Freunde, die die Toskana in dieser Welt besitzt, die von den Toskanern die Launen, das Jucken, das Feuer, die gespitzten Ohren, die knochige Nase und die behaarten Arme haben, vielleicht manches mehr als die Toskaner, vielleicht manches weniger.

Hier will ich nun von den Peruginern sprechen und von den Gründen, die sie zu unsern Freunden machen: wovon der Hauptgrund die enge Verwandtschaft zwischen unserem Wahn und dem ihren ist, wenn man jene freudig festliche Hundestimmung Wahn nennen soll, die die ehrlichste und lebendigste Stimmung des Menschen ist, wenn er ein wirklicher Mensch ist.

## 3

*Sie haben eine Art zu knien, die viel
eher ein Stehen mit gebeugten Beinen
ist.*

Diese festliche Stimmung des sich freuenden Hundes spürt man auf
alle Art nicht nur bei den Toskanern, und am meisten bei den Florentinern, Pisanern, Aretinern, sondern auch bei allen Umbriern, besonders beim Volke Perugias, sogar an den Häusern, den Bäumen, dem
Himmel der umbrischen Hauptstadt. Schaut den Stein an, aus dem die
Häuser der Peruginer gebaut sind, sowohl die vornehmen Häuser bei
der Porta Sole wie auch die armen bei der Porta Sant'Angelo: es ist
ein glatter, leuchtender Stein, von der hellen Farbe zwischen Silber
und Elfenbein, er wird nicht dumpf, bekommt keine Flecken, weder
kühle noch heiße Luft nagt an ihm, und der Wind darf nicht dawider
stoßen, wenn er sich nicht verwunden will, sondern gleitet darüber hin
und wischt schnell um die Ecken, ohne sie abzustumpfen. So daß, wer
an windigen Tagen an einer Mauer Schutz sucht, das lautlose Vorbeiströmen des Windes am hellen Steine spürt, und kaum bringt er die
Akanthusblätter der Kapitelle, das Eichenlaub, die Eicheln, die Myrtenzweige zum Rascheln, kaum zaust er die eisernen Federn der Greifen,
die an den Portalen der Paläste kauern.

Hin und wieder dringen die Stimme einer Frau, das Schreien eines
Kindes, ein herbes Lachen von der Porta Sant'Angelo, von der Porta
del Bulagaio herauf, springen von Stein zu Stein, von Ecke zu Ecke,
die Via della Cera, della Spada, del Pepe, die Straßen des Wachses, des
Schwertes, des Pfeffers herab, finden den Weg durch das Etruskertor,
steigen zur Maestà delle Volte hinauf, münden auf die weite Piazza,
wo sie sich im Becken der Fontäne oder unter der Loggia des Braccio
verstecken. Wer dem Wind hier die Wange an die Steite legt, denkt an
eine große, laue und sanfte Taube, deren Herz kräftig gegen den Stein
der breiten Treppe pocht.

Und wer durch die Stadtteile geht, in denen das Volk wohnt, durch
die zwischen hohen, riesigen, machtvollen Hausteinmauern eingeschlossenen Gassen, wird die Frauen unter der Tür sitzen sehen, wie
sie miteinander reden, dabei Gesicht und Hände langsam bald hier, bald
dorthin wenden und mit offenem, getragenem Blick umherschauen.
Er wird Mädchen mit hageren, schneidend dünnen Gesichtern sehen,

mit gerader Nase und schrägstehenden Augen, den Augen der Peru-giner Etrusker, der Volumnii, Rafia, Noforsina, Afunin, Velthina, Te-tinii, mit schwarzem, gelocktem Haar, schmalen Schläfen, dünnen Lip-pen, und wird sie zwischen den hohen Bogen und Gewölben leise mit-einander sprechen hören. In den Fenstern, wo in Siena die unbeschwer-ten jungen Mädchen sich zeigen, wird er hier die verschmutzten alten Frauen erblicken, wie sie Ellbogen und dürren Busen auf die Fenster-bretter aus silbrigem Stein stützen, Beschwörungen machen, mit dem Finger auf eine Wolke, einen Turm, einen Baum deuten, und er wird sie gluckenhaft lachen hören, dann und wann mit gebrochener Stimme verstümmelte Worte rufen, Worte, die dumpf wie überreife Äpfel auf das Straßenpflaster fallen. Auf der kleinen Anlage vor dem Tempel oder in den Nutzgärten und Feldern längs der Mauern, außerhalb der Porta Sant'Angelo, wird er hagere Männer mit blitzenden Augen im Gras zwischen zwei Bäumen sitzen sehen, die sich den Kopf kratzen, wie auf dem Fresko in der Sala dei Notari; und er wird entdecken, daß dieses Kopfkratzen, in Perugia wie in der Toskana, die volkstümliche Art ist, Armut, Schmerzen und Unglück hinzunehmen, ohne dem Übel zuviel Gewicht beizumessen, ohne Gott und die Heiligen aus so gerin-gem Anlaß zu bemühen. Es ist die Art, wie man sich den Kopf kratzt, weil es einen juckt. Es ist eine sehr andere Art als die der übrigen Ita-liener, die sich den Kopf kratzen, weil sie Sorgen haben.

Sooft der Junge, der ich 1915 war, mich nach Perugia ruft, wandere ich den schmalen Weg längs der Mauern, an den Hängen und Wiesen vorbei, wo der Rio entspringt. Immer schmerzt mir das Herz in der Brust, wenn ich stehenbleibe und mich umschaue, außerhalb der Porta Sant'Angelo und der Porta Sperandio, und die Zypressen am Monte Ripido sehe und die hohe Mauer des Klosters, wo ich im Juni 1915 mit Enzo Valentini Soldat war, und das zarte grüne Gras, wie es in dem weißen Schimmer der Margeriten verschwimmt; im Herbst ist die Wiese weiß von Asphodelen, ich gehe vorsichtig durch die Hadesblu-men, die mir bis zum Knie reichen, und weiter unten erkenne ich die Bäume mit ihrem Laub in dem leuchtenden Grün, von dem die Bäume des Perugino und des jungen Raffael blitzen. Mitten im Gras sehe ich das tote kleine Mädchen wieder vor mir, das ein Junge im Juni 1915, als ich noch ein Junge war, auf dem schmalen Wege bei der Porta del Bulagaio auffand. Ihr Gesicht war schwarz von Ameisen, die Knie nackt, die geballte Hand gegen den in kaltem Aufschrei halb offenen Mund gepreßt. Ich sehe den Bauern wieder vor mir, den ich eines Ta-ges auf der Straße nach San Marco grausam ein Kind verprügeln sah, neben einem gutgekleideten Herrn, mit steifem Kragen und seidener

Krawatte, vor seinem Wagen: der gutgekleidete Herr betrachtete sich die Szene hochmütig und furchtsam zugleich, wie der Löwe auf einem der Becken der Fontana Maggiore respektvoll auf den Elenden schaut, der grausam auf einen jungen Hund einschlägt, unter der traurigen Überschrift: «si vis ut timeat leo verbera catulum», wenn du willst, daß der Große dich fürchtet, schlage den Kleinen.

Halbwegs zwischen der Porta Sant'Angelo und der Porta Sole bleibe ich jedesmal stehen und warte auf die weißen Wolken, die abends vom Piccione, gegen Gubbio hin, aufsteigen, und auf die rosigen Wolken über der Schulter des Monte Subasio, drüben über Assisi am blauen Himmel, der mir nur in Perugia freund ist, fast wie mir, dem Toskaner, der Himmel der Toskana freund ist.

Denn die Umbrier, besonders die Peruginer, sind die einzigen unter allen Italienern, die den Toskanern wohlwollen und keinen Argwohn gegen sie haben, weder die Freiheit ihrer Intelligenz fürchten noch das Trockene ihrer männlichen Natur. Die einzigen, die sich als Brüder der Toskaner bekennen, nicht weil sie von ein und demselben Vater und von ein und derselben Mutter stammen, sondern weil sie in vielen Dingen weder Vater noch Mutter kennen; die einzigen, die für die Toskaner, denen sie in der Art gleichen, wie sie die Freiheit verstehen und wie sie den, der befiehlt, verachten, offene Freundschaft, ohne Groll und Neid, empfinden.

Ich wüßte nicht zu sagen, ob das aus historischen Gründen so ist oder aus anderen. Ich glaube, es ist so aus Gründen, die nichts mit der Geschichte zu tun haben, denn wenn es je Völker gab, die sich Jahrhunderte hindurch wütend und erbittert bekämpften, ohne irgendwelches Erbarmen, aber auch ohne tiefen Haß, dann waren es die Peruginer und die Toskaner von Siena, von Chiusi, von Cortona, von Arezzo. Auch zwischen Perugia und Florenz muß es einige Schläge auf den Kopf gesetzt haben, vielleicht versehentlich, wenigstens nach der Art zu schließen, wie Peruginer und Florentiner sich heimlich an den Kopf fassen, wenn sie einander auf der Straße begegnen.

Daß sie sich so ähnlich sind wie Brüder, sieht man auch daran, wie die einen und die anderen sich Gott empfehlen, wenn sie nicht mehr wissen, wem sie sich anbefehlen sollen. Denn was die Religion angeht, sind sie religiös: von Natur zur Gottergebenheit geneigt, ebenso wie zum Fluchen, das nur eine rabiate Abart von Gottergebenheit ist. Sie haben eine Art zu knien, die viel eher ein Stehen mit gebeugten Beinen ist: im Gegensatz zu allen übrigen Italienern, die, auch wenn sie stehen, zu knien scheinen. Und sie haben eine ganz eigene stolze Manier, den Kopf vor der Madonna und den Heiligen zu neigen, die, wenn ich die Madonna oder die Heiligen wäre, mich beleidigen würde.

Nach der Art, wie Peruginer und Florentiner die Finger ins Weihwasser tauchen, müßte man sagen, daß es kochend heiß ist; nach der Art, wie sie sich bekreuzigen, müßte man sagen, daß sie sich Kopf und Brust einschlagen und die Schulterknochen brechen wollen. Sie bekreuzigen sich wütend, ich habe niemals erfahren, warum. Wohl weil es ihnen nicht gefällt, sich eigenhändig das Kreuz aufzuerlegen. Bei Prozessionen tragen sie Christus am Kreuz, als zögen sie hin, ihn aufzuhängen, und die Banner und Kerzen, als wären es Haken und Stangen, um die Leute auf den Kopf zu schlagen. Sie singen die Litanei mit Stimmen, die dir den kalten Schweiß auf den Rücken treiben, nicht mit Stimmen zum Gebet, sondern der Drohung. Wenn sie das Salve regina anstimmen, so ist es als sängen sie «Salvati regina», Rette dich, Herrin des Himmels. Was nicht, wie man glauben könnte, eine Art ist, Heide und Türke zu sein, keine Achtung und Ergebenheit vor der Madonna zu haben, sondern eine wohlerzogene Art, die hochedle Herrin des Himmels daran zu erinnern, daß es in der Welt nicht nur Hölle, Fegefeuer und Paradies gibt, sondern auch noch Perugia, Florenz und Campi Bisenzio.

Und man glaube nicht, daß nur die Peruginer und die Florentiner so sind, sondern alle Umbrier, ohne Unterschied; nicht nur sind sie gottergebene, inbrünstige Flucher, sondern haben auch den Fehler, zu denken, daß sogar Christus, die Madonna und die Heiligen früher oder später mit ihnen ihre Rechnung zu begleichen haben: eine nette Art, darf man wohl sagen, den Tag des Jüngsten Gerichtes in umgekehrtem Sinn zu verstehen. Bei den Festen, die sie ihren Heiligen zu Ehren veranstalten, geraten sie derart in Glut, daß sie, wenn in der Hitze der Prozessionen, des Weines und der Lichter etwas nicht geradeläuft, sich mit ihrem Heiligen anbinden und ihn nach allen Regeln der Kunst verprügeln. Nicht nur des Nachts, und heimlich, wie in gewissen Gegenden, die wir alle kennen, sondern öffentlich, in vollem Sonnenlicht. Die Neapolitaner, die im Dom, wenn ihr San Gennaro sie durch zu geringe Kraft des flüssigwerdenden Blutes enttäuscht, ihn beschimpfen, ihn Hahnrei nennen, ihm die Schuhe ins Gesicht werfen, machen mich geradezu lachen im Vergleich zu dem, was die Irren von Gubbio mit ihrem heiligen Ubaldo und die von Todi, von Spello, von Foligno, von Spoleto, La Fratta, Città di Castello, Magione, Passignano mit ihren armen Heiligen anstellen, wenn die Dinge nicht so laufen, wie sie sollen.

Nicht selten ist es der Fall, daß sie den ganzen Tag zu ihrem Heiligen um Regen gebetet haben und dann, sobald es regnet, ihn verprügeln, weil sie zu Hause den Regenschirm vergaßen. Oder daß sie ihn mit Schrotkugeln durchlöchern, weil er den Regen nicht abstellt, wenn das Korn reif ist, oder weil die Sau beim Werfen einging oder weil die Fische im Trasimener See aus den Gewässern von Passignano abwandern, um sich am andern Ufer in Castiglion del Lago angeln zu lassen. Es geschah bei Gualdo Tadino, daß ein armer hölzerner Heiliger mit einem Stein am Hals in den Tiber geworfen wurde, weil das Hochwasser des Flusses eine Brücke beschädigt hatte. Prachtvolle Wutanfälle, die gleichwohl ihre tiefe Ergebenheit vor den Heiligen nicht antasten, ich meine, vor *ihren* Heiligen, denn um die der anderen kümmern sie sich wenig, und von den Wundern auswärtiger Heiliger machen sie den geringen Aufwand, den die verdienen. Und so sehr mißachten sie, im Punkte der Heiligkeit und der Wunder, wer nicht zu den ihren zählt, daß sie sogar vom Papst nichts wissen wollen. Wie in Magione am Trasimener See ein alter Vers bezeugt: «Santo de Magione – né papa né cojone.»

Sicherlich ist es ein schweres Leben, das die Heiligen in Umbrien haben, so schwer, wie das Leben der Heiligen in der Toskana leicht ist. Denn bei uns hüten sich die Heiligen sehr, mit Wundern zu übertreiben, um keinen Verdruß zu bekommen; sie sind besorgt, ihre Wunder so zu tun, daß sie wahr erscheinen, daß jeder sie selbst tun kann oder glaubt sie selbst tun zu können, daß sie alltägliche Wunder zu sein scheinen. Wenn in der Toskana ein Heiliger solche Wunder zu tun begönne, die falsch scheinen, so kugelig, spitzfindig oder verschnörkelt sind sie, und die aussehen, als ob er allein sie tun könne, dann kannst du sicher sein, daß er nicht ungeschoren davonkäme. Den Toskanern liegt wenig, wer sich schwierig gibt, und auch der «ficoso», der «Feigige» (ein Mensch mit tausend Grimassen und Sperenzeln) nicht, und daher sind bei uns Wunder Dinge der ordentlichen Verwaltung, handgearbeitete Gegenstände, an denen niemand etwas Besonderes findet. Wunder sind wie das Waschen für die Hausfrau, wie Brotbacken oder wie die Erbsen aufquellen lassen.

Wunder, die allen auffallen, machen nicht die Heiligen, die das nicht verstehen, sondern gewisse unscheinbare Menschen, die wohl Giotto, Arnolfo, Masaccio, Donatello, Brunelleschi, Michelangelo heißen. Einen Toten aufzuerwecken, einen Gelähmten gehen, einen Blinden sehen zu machen, dazu sind alle imstande, nachdem Christus gelehrt hat, wie es gemacht wird (was würden wir im Namen Christi nicht alles zu tun vermögen?). Und ebenso, einen Maurer, der vom Gerüst stürzt, mitten in der Luft zu erwischen. Dazu genügt, eine flinke Hand zu haben. Doch die Kuppel von Santa Maria del Fiore hochzuziehen, nur mit Hilfe eines senkrechten Fadens und einer Maurerkelle, dazu ist nicht jedermann gut. Mehr als Heiligenwunder sind die Wunder von Menschen, ich meine von Toskanern.

Obgleich es dann viele wunderbare Dinge gibt, die weder die Menschen allein noch die Heiligen allein zu machen fähig wären, wenn nicht beide einander zur Hand gingen: diese Dinge sind die Gentilezza, die einfache Schlichtheit, fast möchte ich sagen die Jungfräulichkeit des toskanischen Landes, die mehr ein Werk der Menschen und der Heiligen als der Natur ist. Die kleine Zypresse dort, wo sie so gut steht, hat San Zanobi gesetzt, mit Hilfe des Verwalters der Rucellai, den Strohhaufen auf der Höhe dort drüben hat Santa Reparata gesetzt, mit Hilfe des jungen Agénore, eines Sohnes vom Pächter des Da Filicaia, die rote Mauer mit den kupfergrünen Flecken und die Pergola aus Salamannatrauben haben San Zenone und Sant'Jacopino errichtet, ihnen gingen dabei die Enkel des Nieri zur Hand, der als Aufseher auf dem Gut der Antinori bei Filèttole tätig ist. Doch die Veilchen dort oben, auf den Türmen von San Gimignano, die sind von der Santa Fina, und ihr haben keine Menschen geholfen, sondern die Tauben; und das ist ein Wunder, das nur ein Kind wie die Santa Fina vollbringen konnte. Dazu wäre nicht einmal Benozzo Gozzoli mit seinem Pinsel fähig gewesen, wo es doch wahr ist, daß auf den Türmen von San Gimignano, wie sie dieser große Meister malte, die Veilchen nicht vorhanden sind.

So entsteht der Verdacht, daß alles, was in der Toskana als ein Wunder an Leichtigkeit und Reinheit erscheint, die Toskaner, Menschen und Heilige, geschaffen haben, und nicht die Natur: den Arno draußen an den Cascine, die Höhe von Fiesole, den Hügel von Bellosguardo und die von Artimino, von Poggio a Caiano, von Montepulciano, und Valdiniévole, und die Giottozeichnung der Höhen um Montevarchi und Certaldo, und die erste Biegung der Straße ins Mugello, knapp außerhalb Calenzano, und die Kreidefelsen der Orcia Morta und die waldigen Schultern des Amiata und des Cetona.

Selbst wo die Natur die Dinge allein gemacht zu haben scheint, ohne die Mithilfe der Toskaner, spürst du die Hand Giottos, Leonardos, Filippo Lippis, Sandro Botticellis, Piero della Francescas; doch die Wolken, die Bäche, die Flüsse, alles, was fließt, was vorüberzieht, sogar die Silberfarbe, die der Wind im Vorüberstreichen auf den Steinen und dem Laub der Bäume hinterläßt, stammen von der Hand irgendwelcher Heiligen. Die Balze-Schlucht von Volterra ist bestimmt von

Masaccio, der Hügel von Fossombrone bei Prato ist bestimmt von Filippino, der ja aus Prato stammte, und niemand kann mir ausreden, daß die Höhen von Torrita und Sinalunga der heilige Bernardino schwellen ließ, als er in Montepulciano, in San Giovanni d'Asso, in Sarteano mit warmem, treibendem Hauch seine leichten, sanften Worte sprach, die über den Olivbäumen aufstiegen wie helle Luftbläschen.

Heilige gibt es zum Glück wenige in der Toskana, und Gott sei Dank sind sie aus demselben Teig wie hausgemachtes Brot, das ohne Salz ist, etwas fade, aber aus reinem Weizen. Sie haben es nicht nötig, lärmende oder barock verschnörkelte Wunder zu vollbringen, um sich das Paradies zu verdienen; als welches dort, neben der Haustür, liegt, und man geht hinüber, wie man von einem Zimmer ins andere geht. Man öffnet eine kleine Tür und tritt ein. Es genügt, daß sie die Dinge entsprechend anzurichten wissen, so wie man ein Gericht Bohnen würzt oder grünen Salat, Artischocken aus Empoli abblättert, die Salatsauce mischt, Öl aus dem Fiasco nimmt oder vom Schinken Scheiben schneidet.

Denn auch die einfachsten, bescheidensten, gewöhnlichsten Dinge besitzen in der Toskana ihre ganz bestimmten kraftvollen Eigenschaften, die sie eben zu kleinen Wundern machen. Was man anderswo als Wunder bezeichnet, ist bei uns nichts anderes, als die Dinge entsprechend tun, mit geringem Aufwand, ohne den Sinn für menschliche Maße und Ausmaße zu verlieren, ohne die Kunst zu verlernen, die großen Dinge mit dem Sinn für die Geringfügigkeit des Menschen zu tun, und die kleinen und bescheidenen Dinge mit dem Sinn für menschliche Größe: das heißt mit dem Gefühl für die wundervolle Harmonie, welche das Verhältnis zwischen den großen Dingen und den kleinen Dingen, zwischen den irdischen und den göttlichen lenkt.

Vielleicht ist das deshalb so, weil die Toskaner nicht wie die Rinder sind, die alles groß sehen; sicher ist, daß sie niemals den Blick für das Maß der Welt verlieren und für das offene oder verborgene Verhältnis zwischen den Menschen und der Natur.

Schaut, wie sie die Dinge nach der Statur des Menschen machen, auch die größten, wie sie Häuser, Paläste, Türme, Kirchen, Plätze und Straßen bauen, mit engen Toren, gerade groß genug, um hindurchgehen zu können, ohne die Stirn zu neigen, Fenster, an denen man eben stehen, aber nicht sich mit dem ganzen Körper hinausbeugen kann, Straßen im Verhältnis zur Höhe der Häuser und Kirchen, daß die Leute gesenkten Hauptes eintreten und daß man niederkniet statt zu rezitieren, zu singen, mit den Armen zu fuchteln und sich die Lunge aus dem Hals zu schreien wie in den Theatern. Und schaut, wie sie niemals die Einsicht in die menschlichen Proportionen verlieren, nicht einmal wenn sie die Kuppel von Santa Maria del Fiore in den Himmel wölben.

Wer sich von dieser griechischen Tugend der Toskaner überzeugen will, der griechischsten ihrer Tugenden, des Sinnes für das Maßhalten, der betrachte die Malerei der Meister von Siena und Florenz, in der alle Bauwerke so gehalten sind, daß ein Mann zu Pferde die gesamte Örtlichkeit ausfüllt und mit dem Kopf über das höchste Dach hinausragt, die Berge niedriger sind als die Bäume und die Menschen wie Kinder wirken im Vergleich zu den Reben, den Ölbäumen, dem Ginster und zu jenem Vögelchen, das dort oben zwischen dem Geäst der Zypresse singt; was keine verfehlte Perspektive ist, sondern Abneigung gegen alle Großsprecherei.

Und wenn die Paläste und die Türme dir auf den ersten Blick den Gedanken eingeben, daß die Toskaner ein Volk von Riesen seien, wenn du dann die Häuser ansiehst, in denen das Volk lebt, ißt, schläft, winzig kleine Häuser, dann wunderst du dich, daß die gleichen Menschen, die Santa Maria del Fiore, den Bargello, den Palazzo della Signoria, den Turm des Arnolfo, die Torre della Mangia, den Palazzo Strozzi, den Palazzo Pitti, San Lorenzo, Santa Maria Novella errichtet haben, in solch kleinen Häusern wohnen können, mit den niedrigen Türen, den schmalen Fenstern, doch alles in solcher Harmonie entworfen, mit so deutlichem Sinn für die Statur oder, besser gesagt, für die Natur des Menschen, daß du, einmal hineingelangt, zwar mit gestreckter Hand die Decke berühren kannst, sie dir aber größer erscheinen als der Palazzo Pitti. Und nicht, weil etwa die Toskaner klein von Statur wären, eine Art Zwerge vielleicht – sie sind im Gegenteil, zusammen mit den Bewohnern Friauls, die größten Menschen Italiens –, sondern weil der Mensch, betrachtest du ihn aus der Nähe, was die toskanische Art, zu betrachten, ist, zu den kleinen Tieren gehört und, um sich als Mensch zu fühlen, inmitten von Dingen leben muß, die nach seinem Maße geschaffen sind.

Dieses gilt nicht nur für die Architektur, sondern für die ganze toskanische Kunst, angefangen bei der Literatur; welche wie jene Häuser gemacht ist, von denen ich eben sprach, die von außen wie Kinderhäuser aussehen, aber drinnen lebt man in Weite, und prüfst du das

Knochengerüst, die innere Ordnung, so bemerkst du, daß es eine Literatur ohne Verschwendung ist, mit einer so peinlichen, aufs kleinste bedachten Sorgfalt gearbeitet, mit einem solchen Sinn für Proportionen, daß auch die winzigsten Einzelheiten dir großartig vorkommen, die bescheidenste kleine Wölbung wie ein Triumphbogen. Um dessen inne zu werden, genügt es, sich unter das Volk Franco Sacchettis zu mischen oder unter die liebenswürdigen Edelleute Dino Compagnis, in Gesellschaft ihrer scharfzüngigen, handgreiflichen Florentiner durch die Straßen zu spazieren, ihrer Pisaner, Sienesen, Aretiner und Lucchesen, um von denen aus Prato und Pistoia, aus Empoli und San Miniato, aus Fucecchio und Pontedera zu schweigen; genügt es, die Häuser zu betreten, in den Osterien zu sitzen, eine Messe oder einen Markt zu besuchen, an ein Kloster anzuklopfen oder an einer Straßenecke stehenzubleiben, um einem schönen Aufstand oder irgendeinem hübschen Totschlag zuzuschauen, genügt es, einer Prozession oder einem Leichenzug zu folgen.

Und Boccaccio? wird jemand mich fragen. Aber die Toskaner Boccaccios sind unter ihrem reichen Gewand von Kaufleuten und Prälaten gleichfalls Leute aus dem Volke, wenn auch aufgeputzte, und in ihrem pompösen Reden auf lateinische Manier, in den langen Phrasen Ciceros, hörst du die Volkssprache von Calimala und San Frediano. Schließlich und endlich ist es um so schlimmer für Boccaccio, der von Geburt halber Franzose war und lange Zeit am Anjou-Hof in Neapel gelebt hatte, wenn er sich, ohne es zu wissen und zu wollen, seine toskanischen Haare durch Sacchetti vom Kopf fressen läßt, der ein echter Toskaner war, einer von den mageren; und noch schlimmer für Francesco De Sanctis, den Guten, der den «braven Sacchetti», wie er ihn zubenennt, für einen Famulus Boccaccios hält, die Novellen für «Rohmaterial, nur eben aus dem gröbsten gehauen, das im Decamerone so großartig zugeschliffen wird», und glauben machen möchte, daß Boccaccio bei all seinem Doppelkinn ein lebendigerer Schriftsteller sei als der magere Sacchetti. Was Behauptungen sind, die man in der Provinzstadt Avellino bei Neapel, aber nicht in der Toskana aussprechen darf.

Oder es genügt, in die «Komödie» durch jenes enge niedrige Tor einzutreten, durch das Dante eintrat, und die Hölle von Kreis zu Kreis zu durchwandern: wo das Grandiose klein ist, das Erhabene schlicht und alle, Verdammte und Teufel, menschliche Proportionen bewahren, was die wirklichen Proportionen der Hölle sind. Man überlege einmal, was das Inferno der «Komödie» wäre, wenn es nicht ein Toskaner, sondern ein Neapolitaner oder ein Römer oder ein Lombarde errichtet hätte; man denke an ein Inferno des Cavalier Marino, des Bernini, des Borromini; an ein Inferno im Barockstil!

Was für Gewölbe, was für Bogen, was für Säulen und was für Fratzen, was für Schenkel, was für Arme, was für Hände und was für Mäuler! Und das Schreien und Stoßen, die Verdammungsurteile, die Klagen, die Gesten, die Posen. Und die Gewänder, die Togen, die Kürasse, die Muskulaturen, die Pferdeschweife. Und die Flüche! Alles größer als das Wirkliche, alles nach Maß übermäßiger Giganten, nicht nach dem Maße armer Sünder. Man denke an den Lärm, an das Zetern, Brüllen, Krachen, Tosen, Dröhnen. Man denke an das, was im Munde eines nicht toskanischen Teufels (eigentlich dürfte ich nicht Mund sagen) die Trompete des guten Danteschen Teufels geworden wäre. Ein tierisches Gebrüll, ein Donnern, ein wütendes Sturmgeheul, durchaus keine Trompete.

Hier in der Hölle will ich haltmachen. Ich meine, daß ich es unterlasse, ins Fegefeuer und ins Paradies aufzusteigen, denn die Treppen machen mir Kummer, aus Atemnot. Doch der ganze Dante ist dort, in diesem seinem erztoskanischen Sinn für das Maß, das nur die Griechen vor den Toskanern besaßen und nach den Toskanern die Franzosen. Er ist ganz dort, in seiner Fähigkeit, im Kleinen die größten Dinge zu sehen – das Paradies zu einem Winkel der Toskana zu machen –, sie aufs Maß des Menschen zurückzuschrauben, nicht etwa durch Beschneiden belaubter Zweige, sondern damit, daß er sie in menschlicher Perspektive dasein läßt, in der besonderen Perspektive der Toskaner, dank welcher du nicht weißt, ob «il mio bel San Giovanni» oder Sankt Peter größer ist, das Kirchlein der Santa Spina in Pisa oder der Mailänder Dom, der Ponte Santa Trínita oder die Brooklyn-Brücke, die Torre della Mangia oder den Eiffelturm, die Loggia del Bigallo oder Notre Dame in Paris. In dieser Perspektive scheint eine kurze Novelle Sacchettis gewaltig im Vergleich zu einem Roman Victor Hugos zu sein und noch die Schlichtheit Manzonis die gleiche wie die des barocken Cavalier Marino im Vergleich zur Einfachheit des Firenzuola.

Und es bedurfte wirklich eines Michelangelo, nicht des florentinischen, sondern des römischen mit seiner Manie der Größe, mit seinem ganz katholischen Sinn für das Gewölbte und Unmäßige, um die Toskana zu verraten, indem er die Dinge nicht nach dem Maß des Menschen, sondern nach dem Maße Gottes schuf. Ein großartiger und toskanischer Künstler, als er florentinisch sprach, nicht als er römisch sprach. Als er griechisch sprach, nicht lateinisch. Als er Menschen meißelte, auf daß sie durch Türen einträten, nicht durch Portale. Als er Dächer baute, keine Kuppeln. Als er Christus mit den Armen und Beinen eines Menschen malte, nicht mit Schenkeln eines Ochsen. Als er den Tag und die Nacht meißelte, nicht als er die Wahlversammlungen der Sistina malte.

Groß war er immer, wo du ihn auch packst, aber besonders, als er nach Art der Toskaner groß war, die eine verhaltene, eine helle Größe ist. Und wer mir sagt: Michelangelo, dem antworte ich: Donatello. Es ist dasselbe, wie Cino da Pistoia zu antworten, wenn einer zu dir D'Annunzio sagt, oder einen einzigen Vers des Lapo Gianni allen emphatischen Beschreibungen Florentiner Nächte entgegenzuhalten, mit denen die Literatur Italiens und des Auslandes bis unters Dach vollgestopft ist: «le mura di Firenze inargentate», die silbern leuchtenden Mauern von Florenz.

Und plötzlich, auf der höchsten Höhe der «Komödie», auf dem Gipfel dieses Paradieses, das ein Winkel der Toskana zu sein scheint – mit den Zypressen, den langen Reihen der Reben, dem Schweben der Olivenbäume an den Hängen, den Heiligen, die zum Bach hinübergehen wie die jungen Mönche in Galceti, und dem Licht, von dem man nicht weiß, woher es strömt, grün, blau und silbern, von feinen goldenen Adern durchrieselt, und mit der himmlischen Musik, die nichts anderes ist, als das Singen der Zikaden im ewigen Sommer des Paradieses –, spürst du die heimliche Gegenwart eines, der dich hinter einem Strohhaufen, einer Hecke, einer Zypresse beobachtet. Gib nicht acht, es ist nur der Verwalter, der Hausherr, der Schöpfer. Geh vorüber, ohne dich umzusehen, stell dich so, als ob nichts wäre. Die Toskaner haben die Angewohnheit, niemanden zuerst zu grüßen, auch im Paradiese nicht. Und das weiß sogar Gott. Du wirst sehen, daß er dich grüßt, und er zuerst.

## 4

*In die Hölle gehen die Toskaner,*
*um ihr Wasser abzuschlagen.*

Aber wenn in Umbrien die Heiligen im Unterschied zu dem, was ihnen in der Toskana geschieht, ein schweres Leben haben, so nicht so sehr aus dem Grunde, daß die Peruginer, und die Umbrier im allgemeinen, weit anspruchsvoller, raufsüchtiger und verschrobener wären als – man denke – selbst noch die Florentiner, sondern eher deswegen, weil sie ihre Wunder auf Befehl zu haben wünschen, nach Maß, und mit Pfeffer unter dem Schwanz. Denn in Umbrien geschehen die Wunder nicht absichtslos wie in der Toskana, wo sie das Wetter lassen, wie es ist, sondern sind polemisch, haben immer irgend jemanden oder irgend etwas zum Ziel und gehen häufig von der Politik aus.

Ich will sagen, daß, so wie ein Heer Artillerie benötigt, um Krieg führen zu können, die Umbrier der Heiligen bedürfen – die für sie dasselbe sind wie die Artillerie für ein Heer –, um die Wunder gleich Kanonenkugeln ins feindliche Lager zu schleudern. Und das feindliche Lager ist für die Umbrier – Gott verzeihe ihnen – das Lager der Kirche. Nicht weil sie Ketzer wären, sondern weil sie jahrhundertelang der Kirchenregierung unterworfen waren und daher argwöhnisch gegen die Kutten sind und gegen das, was darunter ist: «Sotto sottana campa campana», jede Kutte verdeckt eine Glocke, so lautet ein altes Sprichwort in Gubbio, von dem man nicht weiß, was es bedeuten soll, aber etwas muß es wohl bedeuten. Und so liegen die Heiligen von Perugia, von Gubbio, von Foligno, von Todi, von Spoleto, von Assisi stets im Krieg mit der Kirche und haben alle das Aussehen von kriegerischen Volkshäuptlingen, nicht von demütigen Dienern Gottes, scheinen der Rasse der Condottiere Braccio da Montone anzugehören, nicht der des heiligen Luigi Gonzaga, und weit mehr ist Pulvergeruch um sie als Geruch der Heiligkeit.

Sie haben Lust, die Augen niederzuschlagen oder, wie San Francesco, zu den Vögeln zu sprechen; wenn du sie genau betrachtest, sehen sie alle aus wie Bösewichter. Sie tun keinen Schritt, ohne einen Schwarm mit Knüppeln bewaffneten Volks hinter sich dreinzuziehen – selbst San Francesco hatte sich mit einer Garde von Mönchen umgeben, aus

Mißtrauen gegen den Papst und seine violett bestrumpften Häscher –, Leute, die bereit sind, ihre Heiligen nicht nur zu verteidigen, im Fall es notwendig würde, Feuer an die Lunte zu legen, sondern ihnen auch den Rücken zu streicheln, im Falle sie nicht geradeaus zielen sollten. Und es ist stets ein herrliches Schauspiel, Wunder wie Kanonenkugeln pfeifend durch die Luft ziehen und mitten im feindlichen Lager explodieren zu sehen.

Wohlgemerkt, dies ist nicht die Idee eines Türken, denn alles bin ich, nur kein Türke; sondern die Idee eines Toskaners, eines Toskaners aus Prato obendrein, denn ich bin von Prato; und niemals werde ich vergessen, daß der Kardinal Giuliano dei Medici es unendlich genoß, als die spanische Artillerie Cardonas mit Feuerkugeln auf die Mauern Pratos schoß, die von den Rücken der Prateser verteidigt wurden: eigentlich müßte ich sagen Brust, aber ich sage Rücken, denn es ist weit schwieriger, gefährlicher und rühmlicher, das Vaterland mit dem Rükken zu verteidigen als mit der üblichen Brust. Was Wunder also, daß ich es jedesmal unendlich genieße, wenn ein umbrischer Heiliger ein Wunder abfeuert und ich dann im feindlichen Lager Soutanen und Meßgewänder durch die Luft wirbeln sehe. Ein jeder verdient sich vollkommenen Ablaß und Lossprechung von den Sünden auf seine Weise – ich verdiene sie mir so, auf toskanische Art, um nicht zu sagen, auf die Art der Leute von Prato.

Zwischen einer Kugel und der nächsten ergeht es jedoch auch den Heiligen in Umbrien nicht allzu übel. Du siehst sie durch die Lande ziehen, hinter sich eine Handvoll Menschen, und das Leben der Vagabunden führen, auf den Landstraßen mit schönen Käselaiben Purzelbaum spielen, in den Schenken sitzen und den guten leichten Weißwein trinken, singen, lachen, über Saat und Ernte Reden halten, über Keltern und Politik, gepfefferte Geschichten von Priestern, Mönchen und Äbten erzählen und verkünden, wie Papst Leo an einer Fistel am After starb, wie Papst Clemens die französische Krankheit bekam, wie Papst Alexander seiner Tochter Lucrezia half, ihm einen Enkel zu schenken, und wie alle Peruginer, die der Adelspartei und die der Volkspartei, Anhänger Gattos und Anhänger Falcos, den Abt von Cluny, genannt Mommaggiore, und seine hinter den Mauern der Porta Sole verschanzten Franzosen aus Perugia verjagten, mit der berühmten Bombarde namens Cacciaprete, Priesterschreck.

Du siehst sie von Ort zu Ort, von Schenke zu Schenke, von Tenne zu Tenne ziehen, zwischen blühenden Hecken von Holunder und Weiß-

dorn, den Kopf hintenüber gelegt, singend wie Jacopones; und wenn
sie einen Freund auf der Straße treffen, begrüßen sie ihn auf die im
Umbrierland übliche Weise: «te pijasse uno sbocco de sèngue, come
stèi?», soll dich ein Blutsturz treffen, wie geht's dir?, oder mit jenem
guten Wunsch, der im Munde eines Heiligen stets eine schöne Wirkung macht, wie ein Segensspruch: «te pijasse un colpo!», der Schlag
soll dich treffen! Das ist der beste Wunsch, den die Peruginer, und die
Umbrier im allgemeinen, miteinander austauschen können; alle sind
sie ein wenig verrückt, voller Launen, toller Einfälle, plötzlichem Blut
im Kopf, und sie haben schöne seltene Namen wie die antiken Heroen
Griechenlands und Roms, die ihnen sicherlich viel besser zu Gesichte
stehen als der Name Epaminondas dem Epaminondas.

Wenn du mir nicht glaubst, dann geh nach Bevagna und stell dich auf
die Piazza. Von Tür zu Tür, von Fenster zu Fenster, von Ecke zu Ecke
und vom Backofen zum Brunnen, vom Waschraum zur Küche, vom
Stall zur Ölpresse wirst du den Temistocle die Cassandra, die Elettra
den Agaménnone, die Ecuba den Astianatte und Tiresia die Antigone
rufen hören. Als ich eines Tages mit dem Doktor Mattoli, dem Arzt
Giolittis, und mit Ciro Trabalza, der aus Bevagna stammte und natürlich Ciro, Cyrus, hieß, nach Bevagna kam, fanden wir den ganzen
Ort in Aufregung, weil Anasságora wegen eines Hühnerdiebstahls verhaftet worden war. Als Anasságora zwischen den Carabinieri in Hand-
schellen über den Platz kam, verabschiedete er sich von seinen Verwandten und Freunden, indem er sie bei Namen rief: «Coriolano!
Aristótele! Sófocle!» und eine Frau kam auf ihn zu, ihm einen Fiasco
Wein unter den Arm zu klemmen. Es war des Anasságoras Frau, und
sie hieß Clitennestra.

Und wenn du mir noch nicht glauben solltest, dann gehe nach
San Mariano, das nur ein paar Schritte von Perugia entfernt liegt, an
der Straße zum Trasimener See, klopfe bei den Bauern an die Tür,
und wenn sie dir öffnen, dann frage sie, wie sie heißen; du wirst so
die seltensten und stolzesten Namen der Welt hören, Strozzacappone,
Schiappaculo, Ficamagna, Picciafoco, Umbellicone, Billamolla, Pig-
lianuvole, Piscione; als da wäre: Hahnenwürg, Hinterschießer, Groß-
fotz, Feuerpisser, Nabelberg, Gallenweich, Wolkenfänger, Wasserzie-
her, um von anderen zu schweigen. Auch dort, wie in Bevagna und in
dem ganzen gen Westen schauenden Teile Umbriens, gewahrt man
schon an den Namen die Nähe der Toskana, die in ihren Namen keinen Spaß kennt. Und es wird aus dem gleichen Grund so sein, von dem
ich zu Beginn sprach, daß nämlich die Toskaner nicht besser und nicht
schlechter sind als die anderen, nur verschieden, und daher haben sie

recht, nicht wie die anderen Christen heißen zu wollen. Christen als Redewendung, sage ich.

Nicht nur als Lebende sondern auch als Tote sind die Umbrier reich an wunderbaren Einfällen und glücklichen Tollheiten. Da mag für alle jener heilige Ercolano genügen, der Verteidiger Perugias gegen den Ansturm Totilas und seiner Goten, der zusammen mit einem wenige Monate alten Kind begraben sein wollte, und man begreift wirklich nicht, was er damit in der anderen Welt anzufangen gedachte: vielleicht es unterwegs verzehren. Mit seinem goldgelben Fleisch ist der kleine Tote ein schöner Wecken knusprigen, kaum aus dem Ofen gekommenen Brotes. Obgleich dies auf den ersten Blick ein grausiges Sakrileg zu sein scheint, ist es der christlichste und achtungsvollste Gedanke, der mir einfallen konnte: zu welch anderem Zweck könnte das Bübchen in Windeln ihm sonst nützlich sein? Ich habe nie gehört, daß die Heiligen, wenigstens in Umbrien, Kinder stillten.

Wenn man sich dann anschaut, mit welcher Sorgfalt die Peruginer auf den Fresken des Bonfigli in der Capella dei Priori ihren Sant'Ercolano neben dem winzigen Toten begraben, muß man unwillkürlich denken, daß dieses ein alter umbrischer, von den Etruskern überkommener Brauch war, nicht nur bei Heiligen, sondern bei jedem einzelnen, sich in Gemeinschaft bald mit einem schönen Mädchen, bald mit einer jungen etwas fülligen Frau mit prachtvollem Busen begraben zu lassen, um den ewigen Schlaf mit dem Kopf auf einem schönen Ruhekissen aus Fleisch zu schlafen.

Da gibt es immer noch Leute, die glauben, daß die Umbrier ein mystisches Volk seien, vom mystischen Umbrien sprechen und dir die Umbrier trotz ihrer lodernden Augen und lustvollen Münder fast als bleiche Menschenlarven beschreiben, die mit verdrehtem Hals, kindisch gewordenen Augen, durchsichtigen Händen in halber Höhe vor dem sonnenumrahmten Gesicht gleich dem Gold der Ikonen zwischen Ölbäumen umherirren! Wo es doch in der Welt kein Volk gibt, das mehr als das umbrische aus Fleisch und Blut ist, mehr der Erde und den irdischen Dingen verhaftet, und das mehr als das umbrische mystisches Gehabe verachtet; höchstens die Florentiner, die, wenn von einem Mystiker die Rede ist, eine eigenartige Wortbildung verwenden: «míschero», von místico und bíschero, ein mystisches Luder.

Welch ein großes Glück für uns Toskaner, zum Nachbarn ein Volk wie das umbrische zu haben, das uns wohlwill, uns versteht, nicht Argwohn und nicht Neid gegen unsere Intelligenz empfindet und das uns mit offenem Visier verteidigt, wo schlecht über uns gesprochen wird!

Wenn es in der Welt keine Umbrier und besonders keine Peruginer gäbe, wären wir Toskaner ein Haufen von Unseligen, von Niemandskindern; wir würden uns auf der Erde verlassen finden, und mit der Pest im Leibe. Denn wenn es neben allen Italienern, die uns hassen und eifersüchtig auf uns sind, nicht auch die Umbrier gäbe, dann wären wir wirklich die Waisen Italiens.

Doch aus welchem Grund sie uns leiden mögen, uns achten und uns gegen den Haß und die Verleumdung der anderen verteidigen, weiß niemand. Vielleicht weil wir Toskaner sie davor bewahren, sich allein als Irre zu fühlen, oder weil sie, die trotz ihrer Priesterherrschaft sich als freie Menschen erhalten konnten, dies der Tatsache verdanken, die Toskana im Rücken zu haben, die, wenn auch noch so gottergeben, von Priestern nie etwas wissen wollte; nicht etwa, verstehen wir uns recht, weil die Priester, wenigstens in der Toskana, keine anständigen Menschen wären, sondern weil Priester in Wahrheit nicht wissen, was die Menschen sind, und glauben, daß Christ sein etwas anderes sei als Mensch sein.

Dies Gespräch über die Priester ist in Italien stets recht schwierig gewesen, besonders jetzt, wo die Priester wieder ihr Haupt erheben und uns angeblich lehren möchten, daß Christen keine Menschen und daß die Menschen keine Christen seien; was im übrigen Italien wahr sein mag, aber in der Toskana nicht, wo der Christ ein Mensch ist, und um so mehr Christ, je mehr er Mensch ist. So daß es gut sein wird, um Mißverständnisse zu vermeiden und nicht für einen Pfaffenfresser gehalten zu werden, sofort zu erklären, daß unter Priestern die Perückenträger, Zöpfe, Wendehälse, Mummler, Duckmäuser zu verstehen sind und alle diejenigen, die ihre Interessen mit Hilfe der Angst vor der Hölle wahrnehmen.

Als ob man in der Toskana Angst vor der Hölle hätte! Nicht, weil man nicht wüßte, daß es sie gibt, sondern weil in die Hölle nur geht, wer hineingehen will oder sich hinschicken läßt. In die Hölle gehen die Toskaner, um ihr Wasser abzuschlagen. Wenn man somit bei uns Priesterregierung sagt, so versteht man darunter eine Regierung der Perückenträger, der Mummler, der Wedelschwinger, der Duckmäuser. Das gilt auch für Perugia und fürs ganze Umbrien. Und wenn jemand dir sagen will, daß die Toskaner und Umbrier, Florentiner und Peruginer im besonderen, Feinde der Priester sind, nur weil sie jene nicht ausstehen können, dann spricht er eine Verleumdung aus; da es doch außer der Toskana und Umbrien kein Land in der Welt gibt, wo Bürger und Priester mit soviel Anmut, Lächeln und öffentlichen Liebesbezeugungen einander grimmig betrachten, genau wie in Perugia der Kranich und der Wolf am Becken der Fontana Maggiore.

Sie mögen sich also gut leiden, auch wenn sie sich nicht riechen können; und noch mehr wäre dies der Fall, wenn Toskaner und Umbrier nicht in ihre Gottergebenheit einen gewissen erbitterten Ausdruck legten, wenn sie sich nicht darauf versteiften zu glauben, daß Mensch und Christ dasselbe Ding seien und daß das ewige Leben ohne Zweifel ein sehr schönes Leben, aber auch das irdische Leben nicht auf den Kehrichthaufen zu werfen ist. Und wenn sie vor allem, im Unterschied zu den übrigen Italienern, die glauben, daß Glaube und Freiheit die Fäuste gegeneinander erheben, und deshalb auf die Freiheit verzichten, um ihre Seele zu retten, nicht dächten, daß ein Mensch seine Seele nur retten kann, wenn er frei ist, daß Knechtschaft und Paradies nicht miteinander auskommen und daß ein freier Mensch in der Hölle besser ist als ein bedauernswerter Sklave im Paradies.

Diese Dinge verstehen natürlich die Priester nicht so, wie wir sie verstehen; und sie versprechen uns Flammen und ewige Pein. Nun wohl: wir überlassen das Paradies allen anderen Italienern, Lombarden und Piemontesen, Sizilianern und Neapolitanern, die nach dem Paradiese in der gleichen Weise streben, wie sie nach der Pension streben, und wir sind es zufrieden, als freie Menschen zu leben, das heißt als Christen. Und was die Fahrt in die Hölle betrifft, so werden wir nur hingehen, wenn es uns paßt. Noch ist nicht geboren, wer einen Toskaner in die Hölle schicken könnte, wenn er keine Lust hat, dorthin zu gehen.

Und dies ist der wahre Grund, aus dem die Toskaner männliche Heilige mehr lieben als weibliche Heilige: denn jene, wenn schon heilig, bleiben doch Menschen, freie Männer, diese aber sind keine Frauen mehr, nur noch weibliche Heilige. Es tut mir leid, gewisse Dinge sagen zu müssen, wenn ich dabei an Santa Chiara oder an Santa Fina denke; besonders, wenn ich an Santa Fina denke, an das heilige Mädchen von San Gimignano, denn es gibt keine süßere, liebenswertere, unschuldigere Heilige als sie, und keine liebere.

Zehn Jahre war Santa Fina alt, als sie sich auf dem rohen Holztisch ausstreckte, in ihrem kleinen höhlenartigen Zimmer, um dort Buße zu tun, und sie verließ ihr hartes Lager fünf lange Jahre nicht mehr, bis zu ihrem fünfzehnten Lebensjahr, als sie starb. Sie starb genau in der Weise, wie Benozzo Gozzoli sie malte, lieblich und sanft, wie ein krankes Kind. Wie anders als die Florentiner, Pisaner, Aretiner, Livorneser Heiligen, die mit zusammengepreßten Zähnen sterben, mit geballter Faust, hart und aufgebracht, die Sehnen des Halses vor Wut gespannt wie die Stricke am Gerät der Seiler: und sie blicken auf dich mit bösen, besessenen Augen, als wollten sie dich an ihrer Stelle in die Hölle schicken.

Wenn ich Sieneser wäre, und eben aus San Gimignano, so weiß ich nicht, ob ich die Santa Fina verehren könnte, ein Mädchen, das fast sein ganzes Leben lang auf einem Tisch ausgestreckt lag. Ihre Buße rührt mich, besser gesagt, sie stimmt mich traurig, aber sie macht mich nicht christlicher, als ich es schon bin, sie spornt mich nicht an, zu kämpfen, um Christus vom Kreuze herabzuholen, an das man ihn genagelt hat, das heißt, nur das zu tun, was ein Christ tun muß, wenn er wirklich ein Mann ist. Und was ich von ihrer Buße sage, möchte ich auch von ihren Wundern sagen, die zu mild und liebenswert, zu freundlich sind, um einem Toskaner gefallen zu können: denn sie gehören zu jenen Wundern, die weibliche Heilige tun wie Hennen das Eilegen. Uns gefallen die Wunder, die die Heiligen mit grimmigem Gesichte vollbringen, ohne jemanden anzublicken, indem sie mit den realen Dingen den Streit aufnehmen, wie um mit dem Dämon zu boxen oder, wie Jakob, mit dem Engel zu ringen.

Wenn ich, in Ermangelung von anderem, mich mit einer Heiligen begnügen müßte, dann würde ich nicht die Santa Fina wählen, sondern Santa Caterina da Siena, wegen ihres sadistischen Geschmacks an Tränen und Wunden, wegen ihrer so ganz modernen Gefühllosigkeit, wegen ihres krankhaften Instinktes, der sie trieb, die Hände ins Blut der Verurteilten zu tauchen, den vom Henker abgehauenen Kopf in ihrem Schoß aufzufangen, wegen des Lichtes, das sie verklärte, wenn sie heimkehrte, ganz blutbesudelt, in den Nüstern, in den Kleidern, im Haar den Blutgeruch, an den weißen Händen das Blut des Hingerichteten, das geronnene Blut Christi an ihren weißen Händen. Mir gefällt an der heiligen Caterina ihre grausige, exaltierte Sympathie für die Verbrecher, die Mörder, die Totschläger, ihre düstere Leidenschaft für die grausamsten Delikte. Das Blut der Bösen, das Schwanken der Gehenkten, das Niederknien Verurteilter vor dem Richtblock, das Schreien und Verstümmeln der Gevierteilten riefen sie an, wie die Stimme des männlichen Wesens das erregte weibliche ruft.

Sie kam mit ihrem leichten und schnellen, träumerischen Schritt, auf gebrechlichen Füßen schwankend, mit unsicheren Knien, ihre Lippen bebten in verlangendem Lächeln, ihre Hände waren nicht vor der Brust gefaltet, sondern vor sie hingestreckt, ihre kleinen, durchscheinenden Hände. Sie lief durch die engen Straßen zwischen den hohen steinernen Mauern auf die Richtstätte zu, bleich und lächelnd, der Henker wandte den Kopf, wenn er sie von ferne kommen fühlte, ehe seine Augen sie noch erblickten, er rief sie beim Namen, und Caterina kam beinahe laufend, ihre Brust hob sich vor Keuchen, vor Furcht und Wunsch zugleich, daß sie zu spät käme: so wie sie in ihren schrecklichen Briefen voll vom gleichen Zynismus eines Stavrogin, der Liebesexaltiertheit einer Mathilde de la Mole erscheint. Santa Caterina, die kniend Stavrogins Beichte anhört, Santa Caterina, die im geschlossenen Wagen Julien Sorels dem Henker entwendetes blutiges Haupt an sich drückt, Santa Caterina, die Stavrogin auf die fahlen Lippen küßt, die die blutleeren Lippen Julien Sorels gegen die ihren preßt. In manchen ihrer Briefe lebt die gleiche unwirkliche Erwartung Kafkas, begegnet man denselben trostlosen Kafkaschen Landschaften, derselben Beklemmung, derselben Angst, derselben Liebe zur Angst.

Was die heilige Caterina trieb, war nicht Mitleid mit den Unschuldigen, sondern Liebe zu den Mördern. Die reinste, geheimnisvollste, christlichste Liebe. Die Unschuldigen gehören Christus, sind schon die Seinen. Caterina hätte nicht gewußt, was mit ihnen anfangen. Niemand kann einen Unschuldigen retten, außer Christus. Die Unschuldigen sind das wehrloseste und kriegerischste Volk der Erde, niemand kann sie besiegen, außer Christus. Ihr Blut hat keinen Geschmack, hat keine Farbe, ist kalt und durchscheinend wie Wasser. Das Blut der Unschuldigen verströmt nicht den gleichen herben und kräftigen Geruch wie das Blut der Ruchlosen, der Verbrecher.

Caterina lief auf die Richtstätte zu, wo der Mörder bereits die Knie beugte, bereits seinen Hals dem Richtbeil hinhielt, bereits den Blick wandte, als er das leise Rauschen nackter Füße vernahm, um diese letzte Geliebte, diese unbekannte Braut zur letzten Liebeszusammenkunft kommen zu sehen. Laufend stieg sie mit leichtem Fuß über die blutigen Opfer, ohne sich um das Blut zu kümmern, das auf dem Pflaster der Straße schwamm. Was kümmerte sie das Weinen der Unschuldigen, ihr Aufschrei der Anrufung, ihr Jammern? Sie lief auf den Mörder zu, auf sein Blut, auf den gelben Schimmer im Auge des Mörders. Sie packte das Haupt des Gerichteten an Haar und Bart, zerrte es an sich, damit ihr beim Blitzen und Zischen des Beils der Kopf in den Schoß fiel, als lebendige Blutfontäne, und sie mit dem Blute Christi überflutete. Der noch lebendige Kopf. Die über den noch lebenden Augen zitternden

Lider. Der blutspuckende Mund und die rote geschwollene Zunge, die mit den letzten Zuckungen ihr die Hände leckte.

So geht und traut den Leuten von Siena, auch wenn sie Heilige sind. Geht und traut den heiligen Frauen Sienas. Der Anmut, der Sanftmut, der Gentilezza der Sienesen. Dies sage ich nicht als einen Vorwurf gegen dies Volk, sondern als Ermahnung für alle Italiener, die die Florentiner, die Pisaner, die Lucchesen, die Aretiner ablehnen und unter allen Toskanern, wenn sie gar nicht anders können, allein die aus Siena gelten lassen, die einzigen, ihrer Meinung nach, die liebenswert, sanft, zahm und sklavisch sind. Geht hin und traut, sage ich, der Liebenswürdigkeit der Sienesen. Auch sie sind Toskaner, auch sie haben einen etruskischen Ahnherrn in der Familie, und wenn sie freundlich und liebenswert sind, dann sind sie es aus Vorsicht, nicht aus Sanftmut des Herzens, eine Pflanze, die in der Toskana, zum Glück, die Seidenraupen fressen, ehe sie gedeiht. Denn sie wissen, wie es damit, daß man Toskaner nach Art der Florentiner, der Pisaner, der Luccheser, der Aretiner ist, das heißt ohne Maske, nichts in einem Italien wie diesem zu gewinnen gibt, das mehr der Maske als dem Gesicht vertraut und deshalb die Toskaner haßt, die von Kopf bis Fuß nichts als Gesicht sind.

Auch die Sienesen sind, verstehen wir uns recht, ganz Gesicht unter der Maske. Die man eine von Duccio gemalte Maske nennen möchte, vom Duccio der Madonna Rucellai, der Madonna von Crevole, der Majestas. Unter jener Magnolienhaut, die durchscheinend und leuchtend ist wie Porzellan, auf dem Grunde jener wasserhellen Augen erkennst du den gefühllosen, den grausamen Geist, der den Toskanern eigentümlich ist, den tiefgrausamen Geist, den du nicht nur in Cecco Angiolieri, sondern in allen Sienesen antriffst; wo er bei Cecco toll und bitter ist, da ist er bei den anderen sanft und versponnen, besonders bei den Frauen, die, wenn man sie anblickt, wie die Engel des Duccio, des Segna di Bonaventura, des Ugolino di Nerio, des Meo da Siena, des Meisters der Abtei von Isola aussehen und gleich jenen Engeln alle etwas Grollendes im Gesicht haben, einen strengen, fast zornigen Schatten zwischen Nase und Mund und in den glanzlosen Augen. Und wie die Engel Duccios haben sie auch die Art zu gehen, den Kopf zu wenden, die Hände zu bewegen, scheu den Blick zu senken. So scheu und schamhaft sind sie, daß es ist, als gingen sie durch die Straßen Sienas mit einem Feigenblatt in der Hand.

Sie atmen so viel Höflichkeit aus, so viel Bescheidenheit, so viel engelhafte Unschuld, daß die spanische Soldateska sich den Hals wund lachen wollte – wie leider auch die Männer, die Männer ganz Italiens, die so stolz darauf sind, Männer zu sein, sich krank lachten –, als Montluc, zum Äußersten gebracht, die Frauen zur Verteidigung von Siena und Montalcino aufrief, der letzten Bollwerke der Freiheit der Toskana und Italiens. Ich weiß nicht, ich als Mann, ob ich mehr vor Scham erröten oder vor Rührung erblassen soll bei dem Gedanken, daß es gerade die liebenswürdigen Frauen von Siena waren, die bis zum Tode die Freiheit der Toskana und Italiens verteidigten, die doch eine Freiheit männlichen Geschlechts ist; mit einem Mut, einer Anmut, die selbst Montluc, den Franzosen und somit Kenner und Liebhaber weiblicher Anmut, bezauberten und zugleich entsetzten. Denn keine Frau gibt es auf Erden, die es einer Sieneserin in der Kunst gleichtäte, mit Anmut zu töten.

Die Frauen von Siena töteten nicht brutal, sondern mit leichter, zärtlicher Hand. Nach dem Hieb oder Stich beugten sie sich mitleidig über den Verwundeten, ich glaube sie zu sehen, mit ihren Augen, ihren liebevollen Blicken, der lilienweißen Haut ihres Busens, die man in der Halsöffnung des Panzers erblickte, den blonden Haarsträhnen, die unter dem eisernen Helm hervorquollen; sie öffneten ihm das Visier, tasteten nach der schlagenden Kehle und durchschnitten ihm ganz leis und zart, mit geschliffener Klinge, die dicke Halsader. Es war eine Lust für diese rauhen Spanier, sich von so sanften Händen schlachten zu lassen.

Der laute Ruf solch todesmutigen Benehmens, der Ruhm von soviel weiblicher Anmut, durcheilte Frankreich und Spanien. Sicherlich gab es in der Welt keine Frauen, die kühner, die wohlerzogener waren als die Frauen von Siena. Die Lombardinnen, die Sizilianerinnen, die Deutschen, die Fläminnen, die Ungarinnen, sogar die Französinnen und Spanierinnen schienen auf dem Schlachtfeld entfesselte Furien zu sein: hochgestülpte Ärmel, die Arme bis an die Ellbogen voll Blut, zerzaust, verschwitzt, verschmiert töteten sie wild, bar aller Manier, unter unflätigen Worten, heulend und fluchend, rohen Soldaten ähnlicher als Frauen. Im Vergleich zu diesen brutalen, erbarmungslosen Amazonen waren die Frauen Sienas wie Angelica und Armida, die wohlgesetzt und zierlich töteten, mit jener Gentilezza, die in Siena gemeinsamer Besitz der Frauen und Männer ist, und mehr natürlich der Frauen.

Geht also und traut der Gentilezza der Sienesen. Auch sie sind Toskaner, und wie alle Toskaner tun sie die Dinge mit Anstand, mit jener feinen Bildung der Sitten und des Herzens, die besonders beim Töten erforderlich ist. Nur in der Toskana ist daher Töten etwas Urbanes, das man in kultivierter, liebenswürdiger Weise erledigt. Während bei den anderen Italienern ein Mann, der einen anderen tötet, als Mörder betrachtet wird, gilt er in der Toskana und besonders in Florenz als wohlerzogener Mensch, und niemand ließe sich einfallen, ihn Mörder zu nennen. Denn wenn man in der Toskana tötet, was selten geschieht und wirklich nur, wenn jemand sich mit aller Gewalt umbringen lassen will, dann tötet man nie wie anderwärts aus Interesse oder aus Leidenschaft oder aus verbrecherischem Trieb, sondern aus tiefem Sinn menschlicher Gesittung; das heißt aus dem guten Grund, daß ein Toskaner nie jene höchste Regel gesitteten Lebens verletzt, die die Achtung vor dem Menschenleben ist, oder besser gesagt, vor den lebenden Menschen.

So kommt es, daß in einem getöteten Menschen die Toskaner nur einen toten Menschen sehen; und sie erachten den, der ihn getötet hat, für achtungswürdiger als den Toten, eben weil er lebendig ist.

## 5

*Ich bin aus Prato,*
*möcht respektiert sein,*
*geh, leg den Stein aus der Hand.*
*(Alter Volksspruch aus Prato)*

Ich öffne die Tür, es ist Ostern. Ich betrete die Metzgerei, es ist Ostern in San Gimignano. Ostern ist der Stierkopf auf dem Fenstergesims, der zerteilte Ochse an den Haken, das gestochene Lamm auf dem marmornen Ladentisch. Dieser Geruch nach Blut, nach rotem Fleisch ist Ostern. Auch das Büschel von «Veilchen der Santa Fina», dort oben hoch auf dem Turm, ist Ostern.

Durch das Fenster der Metzgerei sieht man die roten, im Morgenlicht leuchtenden Türme, die Dächer wie von alter Koralle, die Ölbäume, die an den Hängen schweben wie ein leichter silbriger Nebel, und die Felder, die Weinberge, die vergoldeten Wälder der Montagnola dort drüben gegen Volterra, und den Himmel über dem Val d'Elsa mit einer Farbe wie Grünzeugblätter, und den dunklen Kohl in den Gemüsegärten, kraus wie das schwarze Fell an der Stirn des Stieres. Über dieser Landschaft ruht der Kopf des Stieres, schwebt auf dem blauen Gesims von hellem Stein, vor dem durchscheinenden Grün des Korns, unter der weißen Wolke. Das tote Auge schaut wild nach mir, mit beinahe menschlichem Haß. Und doch kenne ich dieses Auge.

Ich bewege mich im Laden, berühre die Messer, den Wetzstein, die Hämmer, die Spalter, das Hackbeil. Das Holz des Blockes, auf dem das Beil die Knochen zerspaltet und zerhackt, ist mit Löchern besät wie ein Bienenkorb, ein Bienenkorb voll schwarzem Blut und weißem Talg. Ich kehre dem Fenster den Rücken und spüre, wie der Stier mir nachschaut. Der Kopf des Stieres ist Ostern. Die Streichholzschachtel mit dem gelben Etikett auf dem Marmortisch ist Ostern. Die Klinge eines langen Messers liegt quer über dem Marmortisch. Ostern ist das geronnene Blut auf dem Marmor, das rote Sägemehl auf dem Boden.

Und mit einemmal entsinne ich mich dieses Auges, des Menschen, der das wilde Auge des Stieres an der Stirn hatte.

Es war Ostern in Coiano, und ich spielte mit Dario vor dem Gitter, mit Dario Páoli, der im Hause neben uns Schuhmacher war; er ist noch immer dort in Coiano, bückt sich hämmernd über die Rindsledersohle und den schwarzen Stein, den er auf den Knien hat, zwischen seinen plattköpfigen Hämmern, Ahlen, Schälmessern, Nägeln, Holzleisten, den eichenen Näpfen voll weißem, glattem Kreidepulver. Auf der Straße von Prato nach Vaiano fuhr ein Stellwagen voller junger Burschen, die von der Musterung zurückkehrten, alle trugen sie am Hutband ein Stück Papier, mit der Nummer darauf, die sie auf der Wehrbezirksstelle ausgelost hatten. Sie waren betrunken, sie sangen, der Wagen fuhr Schritt, und dahinter kam ein junger Mann mit einer Nummer am Hut. Er ging vornübergebeugt, war leichenblaß, hielt die beiden Hände gegen den Leib gepreßt, und zwischen den Fingern quollen ihm die Eingeweide hervor. An der Tür des Stellwagens saß ein Kamerad von ihm, beugte sich heraus, ein rotes Messer in der Hand; inmitten der Stirn hatte er das wilde Auge des Stiers. Plötzlich kippte der Verwundete mit dem Gesicht in den Staub, eine Frau stieß einen Schrei aus, und als erster sprang Agénore herbei, die Peitsche in der Hand, zerrte den Mörder vom Wagen und hieb ihm mit dem Peitschenstiel über das schwarze Stirnfell, über die kleinen neumondförmigen Hörner, in das wilde Auge.

Und noch jetzt, sooft ich wieder nach Prato komme, fühle ich, wie das Auge des Stiers mich anstarrt; ich weiß nicht, woher, es ist, als wäre es überall und nirgends. Es starrt mich von der Via Magnolfi her an, von der Via dell'Oca, der Via dei Tintori, der Via Firenzuola, von der Lünette Della Robbias über dem Domportal herab, vom Fensterbrett des Hauses der Bianca, in San Fabiano. Sie hatte schwarzes glänzendes Haar, die Bianca aus San Fabiano, und einen üppig quellenden Busen, tiefe starre Augen, rot war ihr Mund, mit leicht geschwollenen Lippen.

Und doch liegt nichts Wildes, nichts Blutiges in der Luft Pratos. Unter allen Städten der Toskana ist Prato hell und licht, hell wie Pisa. Und die Prateser, entgegen ihrem Ruf, sind blank wie die Kiesel im Bisenzio. Schlimmeren Ruf könnten sie nicht haben, wenigstens wenn man die Leute von Empoli hört, die zusammen mit den Pistoiesen die natürlichen Feinde Pratos sind. Doch wenn Pistoia und Empoli, um von Florenz zu schweigen, schlecht über Prato sprechen, so schwöre ich, daß es nicht Schuld des Volkes von Prato ist und nicht daher kommt, daß es schlechter als die anderen Toskaner wäre, weil es selbst für einen Toskaner menschenunmöglich ist, schlechter als ein anderer Toskaner zu sein; sondern von der Tatsache, daß die Leute aus Prato die toskanischsten der Toskaner sind, wenn man unter Toskanern alle die versteht, die weniger toskanisch als die Prateser sind.

Ich bin aus Prato, ich begnüge mich damit, aus Prato zu sein, und wenn ich nicht als Prateser geboren wäre, möchte ich nicht zur Welt gekommen sein, so sehr bedauere ich alle, die zum erstenmal die

Augen öffnen und nicht um sich her die blassen, verächtlichen, spöttischen Gesichter derer von Prato erblicken, mit ihren kleinen Augen und dem breiten Mund, was in Prato nicht wie anderwärts bedeutet, daß man den Krug gern zum Munde führt; und draußen, vor dem Fenster, jenseits der Dächer, die zärtliche runde Kontur der Retaia, das nackte Knie des Spazzavento, die drei grünen Höcker des Monte Ferrato, die Oliven von Filèttole, von Santa Lucia, an den Sacca, und die Zypressen am Poggio del Fossino, oberhalb Coiano. So spreche ich nicht, weil ich aus Prato bin und meinen Pratesern das Kinn kraulen will, sondern weil ich meine, daß der einzige Fehler der Toskaner der ist, daß sie nicht alle aus Prato sind.

Man stelle sich vor, was ein Dante, ein Petrarca, ein Boccaccio, ein Donatello, ein Arnolfo, ein Brunelleschi, ein Michelangelo geworden wären, wenn sie, statt da und dort im weiten Umkreis Pratos, in Prato geboren wären; und was Florenz, Pistoia, Pisa, Lucca, Siena, Arezzo, Livorno sein würden, wenn sie, statt verstreut wie Vororte rings vor Pratos Mauern zu wachsen und sich zu entfalten, mitten in Prato selbst erbaut worden wären! Sicherlich hätte es allen schönen Gewinn gebracht; denn die Geschichte Pratos wäre dann die Geschichte Italiens, während jetzt die Geschichte Italiens nur die Geschichte von Prato ist.

Es scheint mir deshalb nicht gerecht, daß Florentiner und Pistoiesen, ich weiß nicht, ob aus Eifersucht oder aus Vorsicht, so tun, als kennten sie uns nicht, und einem, der sie nach Dingen von Prato um Auskunft fragt, so antworten, als wüßten sie nicht, was das sei, als hätten sie diesen Namen nie gehört: «Prato? La mi riesce nova», das ist ein ganz neuer Name für mich, und indessen tauschen sie einen Blick miteinander und versuchen das Gespräch abzulenken, sagen, wie schön Florenz sei und wie groß Pistoia ist; wo doch Florenz für uns Prateser nichts weiter ist als ein Prato außerhalb der Porta Fiorentina und Pistoia gar nicht vorhanden wäre, wenn es nicht in Prato eine Porta Pistoiese gäbe. Es scheint mir ebensowenig gerecht, daß die Leute von Empoli schlecht über Prato sprechen; denn wären wir Prateser nicht, ihnen ins Gesäß zu blasen, so wüßte ich nicht, wie sie es machen würden, in die Röhrchen zu blasen, um ihre Weinfiaschi herzustellen.

Und mich machen alle lachen, die da glauben, die Leute von Prato zu kränken, wenn sie sagen, daß sie das rüpelhafteste Volk in der Toskana, ja in Italien seien. Als ob rüpelhaft ein häßliches Wort wäre und jemanden rüpelhaft heißen eine Beleidigung sein könnte. Ein Rüpel ist ein Rüpel: das heißt ein Toskaner im Zustand der Gnade. Und die Prateser sind Rüpel, wenn sie Rüpel sind, nicht wegen des Umstandes, daß sie Lumpen verarbeiten und zwischen Lumpen leben, inmitten jenes trockenen staubigen Geruchs alten Stoffzeugs, der der

Geruch von Prato ist – die Lumpen, das wollen wir doch gleich sagen, sind nicht aus Prato, sondern sie regnen auf Prato aus allen Teilen Italiens herab, aus allen Teilen der Welt –, sondern wegen der Tatsache, daß sie laut auf der Straße sagen, was die anderen Italiener verschweigen oder innerhalb der vier Wände, in der Familie, flüstern, und daß sie keine Angst haben, zu sprechen, wie sie denken, während die andern Italiener denken, wie sie sprechen, das heißt die Gedanken murmeln, wie sie die Worte murmeln, und weil sie sich nicht scheuen, laut zu schreien, auch wenn sie unrecht haben, während die andern Italiener sich scheuen, laut zu sprechen, selbst wenn sie recht haben, und weil sie schließlich rüpelhaft sind, aber Prateser, während alle andern Italiener rüpelhaft sind ohne das Benefiz, Toskaner und Prateser zu sein.

Daß aus Prato zu sein eine große Vergünstigung ist und mehr auf Verdienst beruht als auf Glück, das erkennt man an der Hartnäckigkeit, mit der die Prateser sich als Prateser erhalten, während es ihnen leicht wäre, als Florentiner zu gelten. Es gibt glücklicherweise auch solche, die nach Florenz ziehen und sich als Florentiner ausgeben; doch sind sie wie die Bohnen, die beim Sieden oben schwimmen: sie sind wurmstichig, und die Hitze wirft sie aus Prato hinaus wie aus einem Topf, und außerhalb Pratos liegt Florenz. Schade, daß Florenz außerhalb von Prato liegt; mir macht es den Eindruck wie ein Hund vor der Haustür. Denn die Prateser haben stets abseits gelebt, auf ihre Weise, und sind nie mit den Nachbarstädten in Verwandtschaft getreten, so gut sie sich auch miteinander stehen, allem Geschwätz zum Trotz, sondern sind Prateser geblieben, da sie nicht anders konnten. Sogar ihre Sprechweise ist heute dieselbe, die sie einst war und die Dante gefiel, ist florentinischer als die Sprache der Florentiner selbst und sehr weit entfernt von der Sprechweise in Pistoia; nicht weil Prato, jenseits des Klatsches, der Stichelei und des Lächelns mit kühlem Munde, Pistoia nicht liebt, sondern weil die Pistoieser das «s» wie «z» aussprechen und «zale» und «zole» sagen statt «sale» und «sole».

Und weil die Pistoieser ein höfliches, langsames, ruhiges Volk sind und, ohne sie beleidigen zu wollen, etwas verschlafen dreinschauen – im Gegensatz zu den Pratesern, die die Gewohnheit haben, eher zu erwachen als sie einschlafen, schlafen die Pistoieser ein, ehe sie aufwachen –, möchte man sagen, daß sie auch heute noch, wo es das nicht mehr gibt, zur Partei des Großherzogs halten. Jedenfalls stimmt es, daß sie lispeln, was eine Art zu sprechen ist, vor der die Prateser mehr Angst haben als vor dem Werwolf (und man begreift nicht recht, weshalb sie sich so davor scheuen, wo doch der Lumammano, der Werwolf, in Prato nichts anderes bedeutet als ein «lume a mano», eine Laterne in der Hand). Sehr schade ist es, daß die Pistoieser lispeln und das «s» wie «z» sprechen. Denn, von allem anderen abgesehen, was hier nicht mitzählt, kann man ehrlich sagen, daß die Pistoieser alles von den Toskanern haben, nur deren schlechte Seite nicht, die das Beste an den Toskanern ist, vor allem an den Pratesern.

Als welche große Arbeiter sind, betriebsame Leute, Geschäfte-Erfinder, und ihr Herz ist größer als ihre Hand; sie geben alles aus, was sie verdienen, und sind ebenso brave Menschen, solange sie arme Arbeiter sind, wie sie habgierig und berechnend werden, sobald sie auf gute oder auf böse Art zu etwas Geld kommen und aus Arbeitern zu Besitzern werden, aus Webern zu Tuchfabrikanten; was jedoch nicht bei den Pratesern allein so ist, sondern bei allen Völkern der Welt, und darüber muß man sich nicht wundern. Ich sagte, daß sie Geschäfte-Erfinder sind; tatsächlich haben die Prateser alle Berufe, die sie treiben, selbst erfunden, angefangen bei dem, Prateser zu sein, denn aus Prato zu sein ist ein Beruf, und keiner der einfachsten: Prateser bedeutet soviel wie freier Mensch, und der Beruf des freien Menschen gehört, wie jedermann weiß, sicherlich nicht zu den leichtesten, besonders in Italien nicht.

Vom freien Menschen bis zum Verächter derer, die anzuordnen haben, ist nur ein kurzer Schritt, und somit ist es nicht erstaunlich, wenn wir aus Prato Gott sei Dank ein Volk ohne Herren sind, Feinde jeder Autorität, Verächter jeglichen Titels und jeden Dünkels, so daß in Prato sogar die Hähne klugerweise ohne Kamm zur Welt kommen. Wo in aller Welt gibt es außer Prato noch eine Stadt, in der, wer anordnet, wer auf dem Katheder oder der Kanzel sitzt, wer sich verstockt zeigt, wer den Koller bekommt, wer tut, als sei er von Gott gesandt, wer mit breitem Mund und offenen Schinkenbacken predigt, kurz, wer gackert, ohne das Ei zu legen, schlimmer als ein Sattler von Santa Croce am Arno behandelt wird, und in der man weder vor den heiligen Dingen Respekt hat noch vor denen, die in den Augen der Prateser noch heiliger sind, den profanen?

Widerspenstig, schnell empört, streitsüchtig, sind die Prateser trotzdem nicht nur gute Arbeiter, obgleich sie keine Lust zeigen, für andere zu schwitzen, sondern auch gute Soldaten, obgleich sie mit offenen Augen in den Krieg gehen und nicht die Absicht haben, für etwas zu sterben, das nicht auch ihnen einige Hoffnung auf Gewinn läßt. Sterben ist die eine Seite der Sache, dabei zusetzen die andere. Und mir scheint nicht, daß sie unrecht haben. Denn wie sie es für höchst einfältig halten, für die andern zu arbeiten, und deshalb sich bemühen, für sich selbst zu arbeiten, so halten sie auch dafür, daß Sterben im Kriege eine noch größere Dummheit sei; wenn anders es wahr ist, daß

51

auch das Sterben im Kriege ein Arbeiten für andere ist, sogar schlimmer noch, nämlich bedeutet, jenen Millionen verdienen zu helfen, die zu Hause bleiben, um auszubeuten, wer alles da arbeitet und stirbt. So daß viele, die nicht Toskaner sind und sich mit Rhetorik mästen und predigen, daß für andere zu arbeiten und zu sterben, um sie zu bereichern, die beste Art und Weise ist, Italien zu lieben, sich häufig fragen, ob die Prateser nicht nur Prateser sondern auch Italiener sind. Mir will scheinen, ja, wenigstens solange es zwei Italien gibt, eines, das arbeitet und das stirbt, und ein anderes, das beim Arbeiten und Sterben zuschaut.

Und man komme mir auch nicht mit dem Einwurf, daß die Prateser nicht nur ihre Geschäfte machen, sondern sie auch zu machen verstehen, wie wenn Geschäfte zu machen verstehen ein Verbrechen wäre. Sicherlich ist es kein Heldenleben, seine Zeit mit Arbeiten und Geschäftemachen zu verbringen. Doch wenn wir aus Prato in unserer ganzen Geschichte auch nie eine Schlacht gewonnen haben – Schlachten gewinnen ist schließlich gar nicht so schwierig, ist nur eine Geldfrage; wir taten es nicht, weil wir nicht harmlos genug waren, wie die anderen italienischen Städte, irgendeine Räuberbande ausländischer Söldner zu bezahlen, auf daß sie für unsere Rechnung besiegt würden –, so haben wir trotzdem für die menschliche Kultur und für Italien sehr viel mehr getan, als eine Schlacht zu gewinnen. Alle sind imstande, mit der Haut der andern den Helden zu spielen; wären aber wir Prateser nicht gewesen, den Wechsel und den Bankscheck zu erfinden (um Haaresbreite hätten wir auch noch den Blankoscheck erfunden), dann wäre der Handel in Europa schon bei der Geburt gestorben, und Italien, um nicht zu sagen Florenz, wäre nicht die erste Geldmacht der Welt geworden.

Die Wahrheit ist, daß die Prateser in Geschäften flink, wenn auch vorsichtig sind, kühn, wenn auch peinlich genau, und mehr um die Harmlosigkeit der anderen besorgt als um den eigenen Vorteil; ich will damit sagen, daß sie immer Angst haben, die anderen könnten bei Geschäften mit ihnen Federn lassen. Deshalb halten sie um so mehr die Augen auf, je mehr die anderen schlafen. Denn die Prateser haben ein gutes Herz, besonders bei Geschäften, und lieber lassen sie sich beschwindeln, als selbst zu schwindeln, und wenn sie stets bereit sind, ein schlechtes Geschäft zu machen, so muß man sie an den Haaren ziehen, um sie zu überreden, ein gutes Geschäft zu machen: sie möchten nicht, sie sind abgeneigt, sie sagen nein, sie halten sich abseits, sie ziehen sich zurück, sie bedecken sich das Gesicht, sie strecken die Hände vor sich hin, sie spucken auf die Erde, sie drohen, böse zu werden, es übelzunehmen, um Hilfe zu rufen, den Büttel zu holen, und ihre Schuld ist es nicht, wenn sie endlich nach langem Kampf, müde und verschwitzt, sich ergeben und sich traurigen Herzens, gegen ihren Willen, darein schicken, das Geschäft abzuschließen, das dann, durchaus gegen ihre Absicht, ein gutes Geschäft ist.

Daß die Prateser Ehrenmänner sind, auch wenn sie Geld machen, ersieht man aus diesem: daß es ihnen immer gelingt, ihre Seele zu retten; und das ist das beste Geschäft, dessen sich ein guter Christ auf dieser Welt zu rühmen vermag. So daß der Papst, der bis zum letzten Jahr, solange Prato infolge einer uralten schändlichen Ungerechtigkeit dem Bischof von Pistoia unterstand, um die Seele der Prateser besorgt war, jetzt, da er endlich auch nach Prato einen Bischof gesandt hat, sich um die Seele des Bischofs sorgt. Tatsächlich muß man sich fragen, wie der Bischof von Prato es anstellen wird, seine Seele zu retten, wenn er sich nicht entschließt, ebenfalls Geschäfte zu machen.

Doch der Papst sorgt sich nicht zu Unrecht; einige bescheidene Geschäfte hat unser Bischof bereits gemacht, und auf Prateser Art.

Hier muß ich ehrlicherweise sagen, daß, wenn es unter den Toskanern, die allesamt höchst achtungswürdig sind, einige gibt, die besonderen Respekt verdienen, dies die Prateser sind, auch wenn die Leute, die sie nicht kennen, schlecht über sie sprechen und gnädigst noch schlechter über sie sprechen würden, wenn sie sie kennten: so voll von Neid und Verleumdung sind die Menschen. Denn die Prateser sind Toskaner auf ihre Art und haben nichts mit Rom und den Römern zu schaffen, denen die Toskana niemals die brutale Versklavung, die wilden Verfolgungen, die grausamen Metzeleien und den Tod der etruskischen Sprache verzeihen wird, die den Kindern von Volterra, von Fiesole, von Arezzo, von Cortona, von Orvieto, von Tarquinia, von Veji im Halse erstickt wurde; in später Zeit, wie Malespini sagt, sind sie vom Monte Javello herabgekommen, von Schignano, von Figline, aus dem ganzen Bisenzio-Tal, um Wein und Gemüse an die Langobarden der Burg von Borgo al Cornio zu verkaufen, und das wurde der Kern von Prato.

Aus dieser Begegnung mit den Langobarden sind erst die Prateser entstanden, und dann Prato; so daß sie nichts dem üblichen Marius, dem üblichen Sulla, dem üblichen Caesar verdanken, denn sie wurden geboren, als Rom und die Römer bereits tot waren, und haben sich eine Geschichte für sich selbst gemacht, eine von den Schuhen bis zum Hut ganz pratesische Geschichte, so als ob die Welt mit ihnen beginne, ohne jemandem etwas zu verdanken; und das ist für ein Volk von Arbeitern und Händlern bereits ein schönes Beispiel sauberer Verwaltung.

Ich will damit sagen, daß sie ohne Schulden begannen, wenn man jene uralte Schafschuld beiseite läßt, die sie an die Etrusker haben. Hier ist von Schafen nicht im übertragenen Sinne die Rede, denn was sinnbildliche Schafe betrifft, so haben sie mit niemandem zu teilen, erst recht nicht in Italien; wer wagte es wohl hier, mit dem Blick auf die Eigenschaften des Schafes, den ersten Stein zu werden? Unterlassen wir es also, sinnbildlich zu sprechen, was auch keine toskanische Sprechweise ist, und kommen wir zu der kleinen Schafschuld.

Einen gewissen etruskischen Untergrund haben zweifellos, wie alle Toskaner, auch die Prateser, wenn wir sie danach beurteilen sollen, daß sie statt des Lamms lieber das ausgewachsene Schaf von zwei bis drei Jahren essen, das kräftig und wild schmeckt, um nicht zu sagen, daß es stinkt. Es ist das ein orientalischer Geschmack, den die Etrusker nach Italien mitgebracht haben, die aus Lydien kamen. Man muß in der Tat bis nach Griechenland, nach Thrazien, nach Anatolien gehen, um dieselbe leidenschaftliche Vorliebe für Hammelbraten wiederzufinden, die man überall im Tal des Bisenzio antrifft, von oberhalb Vernio, wo er entspringt, bis nach Campi und schließlich bis Signa, wo er in den Arno fließt. Es gibt in Italien kein anderes Volk außer den Pratesern, das Hammel ißt; das heißt soviel, als daß es kein anderes Volk gibt, in dem der Geist der etruskischen Ahnen, die große Hammelesser waren, so lebendig ist, samt deren asiatischer Vorliebe für Handel und Wandel, für die Fahrt zur See und zu Lande, um zu kaufen und zu verkaufen, und besonders, um zu verdienen.

Denn an allem wissen die Prateser zu verdienen, angefangen von den Lumpen, die aus allen Teilen der Welt nach Prato gelangen, aus Asien, aus Afrika, aus den beiden Amerika, aus Australien, und je schmutziger, je verlauster und zerlumpter sie sind, ein um so wertvollerer Stoff sind sie auch für ein Volk, das aus den Abfällen der ganzen Erde Reichtum zu schaffen versteht.

## 6

*Hier in Prato endet alle Geschichte Ita-
liens und Europas, immer in Prato, in
Fetzen.*

Der Blick aus meinem Zimmer in der Locanda Caciottis, der «Stella
d'Italia» am Domplatz, wird durch das Denkmal für Mazzoni ver-
sperrt, der mit Guerrazzi und Montanelli Triumvir der Toskanischen
Republik von 1849 war und aus Prato stammte, wie ich selbst. Nur
wenige Prateser gibt es wie wir beide.

«Viva Guerrazzi – Mazzoni e Montanelli – tutti fratelli – dell'Univer-
sità», alles Brüder der Universität.

Mazzoni, wer weiß, warum, wendet mir den Rücken zu; ich muß gestehen, daß ich ihn nie zuvor von hinten gesehen habe, da es das erstemal in meinem Leben ist, daß ich die Nacht in Caciottis Locanda ver-
bringe. Schon als Kind war es immer mein Traum gewesen, wenigstens
einmal eine Nacht in der «Stella d'Italia» zu verbringen. Ich trete zum
Fenster und sehe vor mir, wenn ich mich etwas zur Seite beuge, die
weiß- und grüngestreifte Marmorfront des Doms, die Kanzel Michelozzos und Donatellos, die wie ein Nest an der Ecke der Fassade hängt,
und den schönen Glockenturm, der für Giottos Glockenturm in Florenz als Vorbild diente, aber einfacher, schlanker und gerader ist: aus
gehauenem Stein, aus gutem glattem Prateser Stein.
    Gerade vor mir öffnet sich die Via Magnolfi, die bei den alten Pra-
tesern immer noch Via Nuova heißt. Hier erstreckten sich einst Ge-
müsebeete, geschlossene Magnolien- und Lorbeergärten, hier sind wir
geboren, Filippino Lippi und ich: im Hintergrund der zackige, jäh-
zornige Spazzavento. Mein Berg, als ich in Coiano, in Santa Lucia
Junge war. Dort oben auf dem Gipfel des Spazzavento möchte ich
begraben sein, um dann und wann den Kopf erheben und in den kalten Graben des Nordwinds spucken zu können.
    Der Rücken Mazzonis behindert mir den Blick auf einen großen Teil
der Piazza, des luftigsten und hellsten Platzes vielleicht der ganzen
Toskana, in dessen Mitte der rosarote Fleck der Marmorfontäne mit
ihrer schönen Fleischfarbe steht. Es ist Nacht, und die jungen Prateser,
auf ihre Räder und Vespas gestützt, lachen, scherzen, unterhalten sich

laut. Sie haben keinerlei Lust, schlafen zu gehen. Morgen ist Sonntag. Prato ist eine Arbeiterstadt, und die Festtage sind hier daher freudloser als anderwärts, vielleicht weil sie sehnlicher erwartet werden. Der Sonntag ist in Prato wie eine geschlossene Werkstatt, wie eine stillstehende Maschine.

Ich stütze die Ellbogen aufs Fensterbrett, atme den Wind aus dem Bisenzio-Tal. Welch schöner Mantel, den Mazzoni trägt! Ein schöner marmorner Mantel. Die Polsterung aus Werg und Roßhaar gibt ihm breite, eckige Schultern. Ein schöner Mantel, das kann man nicht anders sagen, mit sämtlichen Knöpfen dazu. Der Bildhauer war gewiß ein großer Schneider. Aus den Taschen lugen die Zeitungen hervor, und wäre es heller, dann könnte ich die Schlagzeilen der jüngsten Ereignisse lesen: die Rede Cavours, die Depeschen aus Paris und London, der Protest des Großherzogs.

Mazzoni hält die eine Hand in der Tasche, die andere ist zu einer beredten Geste ausgestreckt. Wenn es regnet, tröpfelt das Wasser vom gestreckten Zeigefinger herab; steht man in einem bestimmten Abstand seitlich der Statue, so daß man von der Hand lediglich diesen Finger erblickt, so sieht es aus, als gebe Mazzoni ein wenig Wasser von sich. Auch dies ist eine unverkennbar Prateser Art, Geschichte zu machen. Die andere Art besteht darin, Lumpen zu verarbeiten. Denn hier in Prato endet alle Geschichte Italiens und Europas; immer in Prato, in Fetzen.

Als Junge ging ich mit Mersíade Baldis Kindern in die Lumpenmagazine der Sbraci, Campolmi, Cavaciocchi, Calamai, und dort hockten wir zwischen den Lumpensortierern am Boden, und mir machte es viel Spaß, in den Lumpenbergen zu wühlen, wo man die unerwartetsten und wunderbarsten Dinge der Welt entdecken konnte: Muscheln, bunte Glasstücke, Bernsteinecken, kleine Perlen aus den Flüssen Indiens, Steine, die wie Edelsteine aussahen, schön grün oder violett, türkisblau, gelb, und jene indischen Steine, die die Lumpensortierer Mondsteine nannten, sie waren blaß, glatt, durchsichtig, wie kleine Scheiben vom Mond. Oder die roten Steine, von denen die Lumpensortierer behaupteten, man könne ihnen Blut entpressen, und wir Kinder nahmen sie zwischen die Zähne und bissen darauf oder preßten sie mit den Fingern, in der stillen Hoffnung, es möchte Blut herausspritzen. Und manchmal fand man seltsame getrocknete kleine Tiere, manche ähnlich wie Seepferdchen, andere wie Mumien von Eidechsen und Mäusen oder wie Fötusse mit zerquetschtem Kopf.

Es war eine Märchenwelt. Ganz Prato war voll von Lumpengebirgen, aber wenige Leute außer den Lumpenarbeitern wagten, diesen geheimnisvollen Kontinent zu erforschen, und zu diesen wenigen gehörten wir Jungen, Faliero, Baldo, ich und die anderen, die in der Nachbarschaft von Mersíade wohnten, in der Via Arcangeli, außerhalb der Porta Santa Trínita, bei den Wassergräben. Sobald wir das Magazin betraten, überfiel uns der Lumpengeruch, ein trockener staubiger Geruch, kräftig und berauschend wie der Dunst gärender Früchte, er stieg uns zu Kopfe und umnebelte uns den Blick. Wenn wir einen Ballen mit dem Messer aufschlitzten, quollen die Lumpen wie gelbes, grünes, rotes, blaues Gedärm aus der Wunde. Man tauchte den Arm in dieses blutfarbene, grasfarbene, himmelsfarbene Fleisch, wühlte in dem prallen Leib, in dem warmen Gedärm des Ballens, und die Augen der Hand suchten in dieser dunklen Welt nach dem leuchtenden Schatz, nach der Perle, der Muschel, dem Mondstein. Dann stürzten wir uns kopfüber, wie sommers in die dumpfrauschenden Wellen des Bisenzio, in die Berge von Lumpen und versanken langsam in dem weichen, tiefen Geruch von Weihrauch, Moos und Nelken, der der Geruch Indiens, Ceylons, Sumatras, Javas ist, der Geruch Sansibars, der Geruch südlicher Meere.

Einmal fanden wir eine Schlange mit einem großen Drachenmaul, mit grünen und blauen Schuppen, einem dicken Tau aus Seide ähnlich, einmal eine blaue Schildkröte mit goldenen Pfoten, ein andermal eine grüne chinesische Porzellanmaske, und an dem Tag, wo die arme Prilia starb, fanden wir eine Frauenhand mit goldgelb gelackten Nägeln, eine zierliche Frauenhand, sanft und leicht, als wäre sie aus Rosenholz. Das erste, was an einem Toten stirbt, sind die Augen; das letzte die Nägel. Es waren leuchtende, spitze, noch lebendige Nägel.

Mich traf es, diese Hand in die Tasche zu stecken und sie nach Hause zu tragen, wo ich sie unter dem Kopfkissen des großen Bettes versteckte, in dem wir zu fünfen schliefen, Mersíade, meine Amme Eugenia, Faliero, Baldino und ich. In dieser Nacht konnte ich nicht einschlafen, ich bekam das Fieber, von der Hand unter dem Kopfkissen. Ich spürte, wie sie sich bewegte, die Finger krümmte, die Nägel in die Bettücher grub. Faliero und Baldino, die am Fußende schliefen, hatten die Knie bis zum Bauch hochgezogen, aus Angst vor der Hand, die bei ihren Bewegungen die große Matratze aus Maísblättern gräßlich knistern und knacken ließ. Ich weiß nicht, wie ich endlich einschlief; ich träumte, daß die Hand langsam, ganz langsam, unter dem Kopfkissen hervorkroch, mir die Schulter entlangglitt, mir den Hals streichelte. Mit einem Schrei erwachte ich, «Prilia! Prilia!», saß mit einem Ruck aufrecht, schweißgebadet, und Mersíade, der mir erst eins übergezogen hatte, um mir die Angst zu vertreiben, wurde selbst bleich wie Wachs, als er die Hand sah, die wirklich unter dem Kopfkissen hervorgekommen war. Eugenia aber meinte: «Da schau her, fürchten sich gar vor der Hand eines Toten!», ergriff die Hand mit den Fingerspitzen und sprang aus dem Bett.

Damals zum erstenmal kam mir der Gedanke, daß die Prateser mehr Angst vor den Händen Lebender haben als vor denen Toter und daß sie den Toten trauen, den Lebenden aber nicht. Zum erstenmal konnte ich feststellen, daß Totsein in Prato keine Unklugheit ist, wie Lebendigsein, sondern eine Vorsicht; daß, während lebendig zu sein, dich Gefahren aller Art aussetzt, dich zwingt, die Augen offen zu halten, du, wenn du tot bist, ruhig die Augen schließen kannst. Eugenia sprang aus dem Bett und lief zum Fenster. Warmer, fetter, süßlicher Tomatengeruch drang in das heiße Zimmer. «Sie wird die Tomaten austrocknen lassen», meinte Mersíade. «Das Gehirn wird sie dir austrocknen lassen», sagte Eugenia und warf die Hand in den Garten, wo wir sie am nächsten Morgen, ganz von Ameisen bedeckt, fanden, die sie langsam, langsam durch die Tomatenbüsche zum Schilfrohrzaun hinzogen. Wir ließen sie ziehen, und sie kam auch nicht wieder.

Noch auch kehrte jener kleine, vertrocknete und wie Pergament klingende Greisenschädel wieder, den ein Arbeiter Cavaciocchis unter einem Haufen Lumpen aus Venezuela entdeckte. Er war ohne Zähne und Haare, die Augen waren vertrocknet, ums Kinn wuchs ein dünner grauer Bart. Die Lumpensortierer brachten ihn auf die Piazza San Francesco und begannen mit diesem Schädel Fußball zu spielen, der leicht durch die Luft flog wie der Kopf eines Cherubs auf einem venezianischen Bilde. Doch es war der Kopf eines alten, zahnlosen Cherubins, und die Leute, die sich sofort um die Spieler herum angesammelt hatten, lachten und spornten die Lumpensortierer höhnisch an: «Los, Paciatta, auf, Nardini!», was die Namen der stärksten Fußballspieler damals in Prato waren. Da kam der weißbärtige Notar Camillo Dami aus seinem Büro, mit seinem Sohn Giovacchino, der zwei Jahre später an der Schwindsucht starb, und seinem Kanzleiangestellten Nello, es kamen der alte Ciro Cavaciocchi und die Mönche von San Francesco und Mattonella, der Konditor, und Brogi, der Barbier, und sie wollten den Lumpensortierern den armen Totenschädel wegnehmen. Das «noë», nein, der einen und das «sië», doch, der andern dauerte, bis der Sekretär der Arbeitskammer, Strobino, des Weges kam, der sich den Kopf von den Lumpenmännern geben ließ und ihn vom Ponte del Mercatale in den Bisenzio warf, mit dem Ausspruch, daß die Schädel der reichen Herren in Prato alle ein solches Ende nehmen sollten.

Häufig kamen aus den Lumpenballen Uniformen aller Heere der Welt zum Vorschein, Kleider aller Art: von den roten Fräcken der britischen

Soldaten in Indien bis zu den Rothosen französischer Soldaten, von den durchsichtigen Leinenumhängen der Frauen Kalkuttas und Bombays bis zu den Unterhosen, den Hemden, den Fischbeinkorsetts und jeglicher Art sonst an weiblichen Kleidungsstücken aus der Sammlung der Chiffonniers von Paris, mit denen die Lumpensortierer sich zum Spaß anzogen, daß sie aussahen wie Totengräber im Mittelalter. Einmal fand Scaracchia, von San Fabiano, in einem Haufen Lumpen, die aus Sizilien kamen, ein verblichenes und zerfetztes Stück Trikolore: das war die Fahne, die die Italienerinnen aus Valparaiso in Chile an Garibaldi geschickt hatten, dieselbe, die Schiaffino aus Camogli im Gefecht von Calatafimi über sich schwang und damit im Kampfgewühl verschwand. Es war die ruhmreichste italienische Fahne; und daß sie in Prato unter einem Haufen Lumpen endete, mag zwar alle Menschen verwundern, doch die Prateser nicht.

Denn diese wissen, daß in Prato, und ganz in Fetzen, alle Geschichte Italiens endet: Ruhm, Elend, Aufstände, Schlachten, Siege und Niederlagen. Wo sind die Rothemden der Garibaldiner von Mentana geblieben, die Uniformen der Soldaten Pius' IX., der Freiwilligen von Curtatone und Montanara, der Bersaglieri der Porta Pia? Wo die Carbonari, die Giovine Italia, und Novara, Lissa, Custoza, und die Freie Kirche im freien Staat? Wo sind die in jeder Stadt und in jedem Dorf Italiens gesammelten Kleidungsstücke geblieben, um die Überlebenden des Erdbebens von Messina, der Po-Überschwemmung, der Hochwasserkatastrophe von Amalfi und Salerno zu unterstützen? All das endet in Prato: Fahnen jeder Nation, Uniformen von Generalen und Soldaten aller Heere, Priestersoutanen, Monsignorestrümpfe, Kardinalspurpur, Richterroben, Jacken und Blusen von Carabinieri, Polizeischergen, Gefängnisaufsehern, Brautschleier, vergilbte Spitzen, Windeln. Auch der Zivilanzug, den König Umberto in Monza trug, als Gaetano Bresci, der aus Prato stammte, ihn mit der Pistole niederschoß, endete in Prato, in einem Ballen Lumpen. Und man hat nie erfahren, ob er zufällig dorthin gelangte oder ob es ein liebenswürdiger Gedanke der Königin Margherita oder des Königs Vittorio, seines Sohnes, war, den Pratesern den von einem Prateser durchlöcherten Anzug des Königs Umberto als Lumpen zu verkaufen.

Nicht nur die Geschichte Italiens, sondern die Geschichte ganz Europas endet in Prato, seit den ältesten Zeiten, seit die Prateser begannen, aus den Stoffabfällen der ganzen Welt Tuche und Stoffe herzustellen. In Prato endete zwischen einem Berg Lumpen der Glanz Spaniens in Italien, die Größe Karls V. in Europa; und ebenso der Ruhm der Könige von Frankreich, der jakobinische Furor, die Größe Napoleons. Jahrein, jahraus verspannen, verkämmten, verwebten die Prateser die

Lumpen und Fetzen von Marengo, von Austerlitz, von Waterloo, die Fahnen der Großen Armee, die Uniformen Murats, die Goldfräcke der Heiligen Allianz. Und wo glaubt ihr, daß die feldgrauen Uniformen unserer am Karst und am Piave gefallenen Soldaten endeten? Die Tuchuniformen der Gefallenen von El Alamain? Oh, habt soviel Mut und sprecht es aus. Wohin kamen sie? Ins Pantheon? Nach Prato kamen sie, zu den Lumpen. Wo endeten die Fahnen und Uniformen des Befreiungskorps? Und die der Republik von Salò? Und die Uniformen und roten Tücher der Partisanen? Und die der gewaltigen englischen und amerikanischen Armeen, die Italien und Europa befreiten? In der Uffizien-Galerie? In Prato endeten sie, verkauft als alte Lumpen. Und die Trauerkleider der Mütter, der Witwen, der Waisen der ganzen Erde? In Prato, unter Bergen staubiger Lumpen. In Prato, wo schließlich alles endet: Ruhm, Ehre, Trauer, Stolz und Hochmut, die Eitelkeit der Welt.

Und da gibt es noch Leute, die sich wundern, daß die Prateser an nichts von alledem glauben, woran die andern glauben? Und die den Pratesern vorwerfen möchten, daß sie mehr an die Lumpen als an Ruhm und Größe glauben? Mehr an die Lumpen als an die schönen Worte, an Freiheit, an Gerechtigkeit und an das dummdreiste Gesicht derer, die befehlen? Da gibt es noch Leute, die sich wundern, daß die Prateser beim Anblick einer Fahne dir sofort sagen können, aus welchem Stoff sie ist, ob aus Wolle, aus Baumwolle, aus Seide, aus Leinen, und dir den Preis nicht für das sagen können, was sie an Ehre, an Blut, an Opfer wert ist, wohl aber als Lumpen? Was alles nicht ausschließt, daß auch die Prateser gute Italiener sind, sehr gute sogar; nur viel löblichere als die anderen, denn während die anderen glauben, alles sei aus bester Wolle, wissen die Prateser, daß alles aus Lumpen besteht. Und trotzdem stehen sie den anderen nicht nach, wenn sie wirklich sich nicht abseits halten können, ihr eigenes Fell auf den Trödelmarkt zu tragen, mögen sie auch besser als andere wissen, daß auch für ihr Fell sich stets jemand in der Welt findet, damit zu handeln und daran zu verdienen.

O wunderbare Unbekümmertheit der Prateser, die sich über nichts wundern, vergrämen und aufregen und über menschliche Größe und den Stolz und Hochmut der Menschen lachen, da sie wissen, woraus die bestehen! O Schlichtheit der Prateser, die wissen, daß sie aus dem Nichts stammen, aber es nicht machen wie so viele andere, die, auch wenn sie zu Fuß gehen, im Wagen zu fahren scheinen, und wenn sie gehen, lassen sie es in ihren Taschen klingeln, um kundzutun, daß sie anständige Leute sind und daß sie das Geld haben, um ihren Ruf und ihr Ansehen zu bezahlen! O Redlichkeit der Prateser, die sich nicht schämen, daß sie arm geboren sind (die Wahrheit zu sagen, schämen sie sich auch nicht, daß sie reich geworden sind), und sich nicht den Anschein geben, Söhne von Vornehmen und von Priestern zu sein, wie es in manchen Teilen Italiens üblich ist, sondern Leute aus dem Volk bleiben, auch wenn sie im Wagen fahren, was bei ihnen nur eine Art ist, sitzend zu gehen, und die im Essen, im Trinken, in der Kleidung, in der Eheschließung ihrer Herkunft aus dem Volke treu bleiben und die ein wahres Muster an Schlichtheit und Redlichkeit sind in einer Welt, wo alle zu verbergen suchen, was sie sind und was sie waren, und sich den Anschein geben, das Gegenteil von dem zu sein, was sie zu sein scheinen.

Denn unter allen Völkern Italiens – das werde ich sagen, so lange ich lebe – schämen sich nur die Prateser und die Luccheser nicht, die einen den Lumpen, die anderen der Abtrittgrube zu entstammen, was beides wahre Adelstitel in einer Welt wie der unsern sind, in der alles in dieser Grube und zwischen Lumpen sein Ende findet. Ich weiß, mit Lucca ist das eine Sache für sich: die Grube gleicht dem Beruf des Ehrenmanns, der sehr hoch hinaufführen kann, wenn man nur beizeiten abzuspringen versteht. Daß die Luccheser beizeiten abgesprungen sind, wenn es ihnen auch sehr schwerfiel, das beweist die Geschichte Luccas, die überall trieft von Ruhm, ich meine von jener Materie, aus der Ruhm gemacht wird.

Doch was Prato betrifft, so ist die Geschichte der Prateser eine Geschichte der kleinen Leute, ohne Tragödien, ohne Dramen, ohne sangeswürdige Untaten; sie ist die Geschichte eines Volkes, das niemals Adlige an seiner Brust genährt hat und daher niemals den Rücken vor Einheimischen beugen mußte, nicht durch Trompetengeschmetter geweckt wurde, noch zu großen Taten aus den Betten sprang und das nie im Staube hinter eisengepanzerten aufgeputzten Rossen zu Fuß laufen mußte. In Prato waren sogar noch die großen Namen wie die Guazzalotri und die Dagomari Namen, die aus dem Volke kamen.

Jeden Tag ging ich als Junge, wenn ich aus dem Collegio Cicognini, meiner Schule, kam, jenen Dagomari zu grüßen, der in San Francesco begraben liegt: auf dem Boden ausgestreckt, ganz in seine Büßerkutte gehüllt, die Kapuze über die Augen gezogen, um den Pratesern unbemerkt ins Gesicht sehen zu können, die rechte Hand zwischen den Falten seiner Marmorkutte versteckt. Er war einer aus der Sippschaft jenes Panfollía dei Dagomari, der alle Tollheiten der Prateser in sich hatte und in der Geschichte Italiens der erste war, der die Italiener die Kunst lehrte, hohe Herren zu stäupen. Trotz des großen Namens war auch der in San Francesco begrabene Dagomari ein Prateser aus dem Volke und hatte den Geist des Volkes. Jedesmal kniete ich mich auf den Boden, um vielleicht zu entdecken, was er in der zwischen den Falten der Kutte versteckten Hand hielt: ob ein Messer oder eine Handvoll Kleingeld. Das Messer, um von den toten Pratesern, die höchst ungern bezahlen, die Schulden einzutreiben, die sie als Lebende zu bezahlen vergaßen, und das Kleingeld, um auch in der Hölle Lumpen zu kaufen und zu Ware zu machen.

Dies eben muß man sich immer vor Augen halten, will man die Prateser beurteilen: was in Prato zählt, ist das Volk, nur das Volk, und Prato ist eine Arbeiterstadt, eine reine Arbeiterstadt, die einzige in Italien, die von Kopf bis Fuß Arbeiterstadt ist. Nicht weil es unter den Pratesern keine Bürger gäbe, sondern weil die fetten Bürger, sobald es dunkel wird, nach Florenz fahren, wo sie wohnen, und diejenigen, die nicht anders können, als in Prato zu wohnen, sobald der Laden geschlossen und die Tür mit zwei Sperren verrammelt ist, entweder mit den Hühnern zu Bett gehen oder, falls sie ausgehen, alles tun, um sich den Arbeitern anzugleichen, in der Kleidung, in der Rede, in den Bewegungen. So daß nach sieben Uhr abends Prato zum Besitz des Volkes wird, das sich in seinem Besitz bewegt wie im eigenen Hause, als Besitzer, nicht als Mieter.

Die Cafés, die Trattorien, die Kinos, die Straßenecken, die Loggien am Rathaus bevölkern sich mit Lumpensortierern, mit Webern, Wollkämmern, Mechanikern, Färbern, die sich laut unterhalten, im Tonfall von Bernocchino und Carnaccia, des Pimpero, des Scaracchia. Sogar das Teatro Metastasio – einst der Treffpunkt der Vornehmen und der reichen Bürger, der Mitglieder des Coriofili- und des Misoduli-Clubs, das ist: der Feinde der Langeweile, während die Arbeiter auf dem Olymp zusammengepfercht waren oder hinter einer Absperrung im Parkett standen wie in den Pariser Theatern zur Zeit Molières –, sogar dies Teatro Metastasio wirkt heute wie ein Treffpunkt der Arbeiter. Lumpensortierer und Weber sitzen im Parkett und in den Logen, mit ihren vom Staub der Lumpen bereiften Hüten, mit Fingern, die noch vom Schmieröl der Webstühle schwarz sind: und die Traviata oder der Trovatore sind wie «gesungene Wahlversammlungen».

Man denke nicht, daß die Verachtung von Ruhm und Stolz, der gehobenen Nasen, der arroganten Lippen, der hochgezogenen Augenbrauen, der Brokatmäntel und alles dessen, was die Aufgeblasenheit des Menschen ausmacht, in Prato erst von heute sei; es ist etwas sehr Altes. Jedesmal wenn irgendein Papst oder König oder Kaiser zufällig durch Prato zog, standen meine Prateser allesamt dort auf der Piazza del Comune, zwischen dem Bacchino und den Loggien, mit jener spöttischen Miene, die dann die Florentiner von uns Pratesern zu Lehen nahmen, und sie berechneten untereinander mit lauter Stimme den Preis der Stoffe, die das hohe Tier am Leibe trug und die anderen Herren zu Pferde, und die Kurtisanen des Gefolges, die wir in Prato «Frusiane» nennen, und die Pagen, die Knechte, die Kuppler, die Mignons, die Gaukler und Falkner und Hundehalter, und sie besprachen, ob es Wolle oder Damast oder flandrisches Tuch oder Seide aus Lyon oder Sackleinen sei und ob jene, mit einem Wort, als Edelleute oder als Bauern gekleidet gingen. Und es war, als sprächen ihre Augen: «Es wird alles schließlich nach Prato gelangen», in Prato, meinten sie, erreichen all eure Seide und eure Brokate ihr Ziel.

So wie es geschah, als König Karl VIII. von Frankreich, der mit den Trompeten und den Glocken, durch Prato zog, der durch seinen Zug nach Italien den Italienern Respekt vor denen beibringen wollte, die zu befehlen haben. Meine Prateser begnügten sich nicht damit, den Stoff des königlichen Gewandes zu begutachten, sondern wandten sich mit den Worten «in Prato sollst du enden» alle zugleich gegen die Wand, um ihr Wasser loszuwerden. Worüber der arme Karl VIII., wie ein Chronist sagt, «en fut tout esbahi», höchst erstaunt war, und damit es nicht aussähe, als hätten die Prateser ihm den Rücken zugekehrt, um ihm mit der Sitzfläche die Reverenz zu erweisen, was die uralte Prateser Art ist, denen, die anzuordnen haben, ihre Achtung zu bezeigen, stieg er selbst vom Pferd und vollzog den gleichen Ritus an der Wand eines Hauses: so als habe er verstanden, daß das Volk dieser Stadt «pissoit par nécessité et non par politique». Und hier muß ich des alten Liedes gedenken «Carlottavo era stancato – si fermò a pisciare a Prato», Karl VIII. war müde, er hielt in Prato an, um zu pissen; ein Lied, das ungefähr ebenso alt ist wie das «chi vuol esser lieto sia» Lorenzos, welch letzterem nur eines fehlte, um wirklich «der Prächtige» zu sein: er war nicht aus Prato. Im übrigen war dies das erste und letzte Mal auf dem ganzen Feldzug in Italien, daß der treffliche König sich klug und besonnen verhielt, als er sich stellte, als habe er ganz das Gegenteil von dem verstanden, was die Prateser taten, denen man es verdankt, wenn die Toskana das einzige Land in Italien ist, wo man aus Politik pinkelt und nicht, weil man muß.

Denn es gibt keinen Papst, keinen König und keinen Kaiser, dem es gelänge, die Toskaner zum Urinieren zu bringen, nicht wenn sie kein Bedürfnis dazu verspüren, aber wenn sie keine Lust dazu haben.

# 7

*«Weißt du denn nicht, daß die Toska-
ner auf den Löchern der anderen sitzen?»*

Nach der Art, wie die Toskaner schauen, könnte man sagen, daß sie niemals bloß Zeugen sind, vielmehr Richter. Sie blicken dich an, nicht um dich anzublicken, wie es die andern Italiener tun, sondern um dich zu beurteilen: wieviel du wiegst, was du kostest, was du wert bist, was du denkst und was du willst. Und derart ist ihr Blick auf dich gerichtet, daß du nach einiger Zeit bemerkst, wie wenig oder nichts du wert bist. Daraus und aus nichts sonst entstehen die Unruhe und der Argwohn, die bei allen Völkern, Italienern wie Fremden, der bloße Anblick eines Toskaners erregt.

Wie ist es denn möglich, daß in Gegenwart eines Toskaners alle sich unbehaglich, fast schuldbewußt fühlen? Nicht, wenn sie einem Toskaner gegenüberstehen, sondern in seiner bloßen Gegenwart. Aus welchem Grunde, will ich nochmals wie schon zu Beginn des Buches fragen, kommen auf einem Ball, einem Hochzeitsmahl alle zum Verstummen, wenn plötzlich ein Toskaner hereintritt, warum schweigen die Instrumente, warum erstirbt das Lachen auf den Lippen der Anwesenden? Wie kann es sein, daß bei einem Begräbnis das Erscheinen eines Toskaners fast wie Hohn wirkt? Daß es aussieht, als zeige er sich am Bett eines Kranken, wie um ihn sterben zu sehen?

Aus dem einzigen Grunde, will ich sagen, daß er dich in eben seiner besonderen Art anschaut: nicht um dich nur anzuschauen, sondern um über dich zu urteilen. Nicht um zu sehen, wie du beschaffen bist, denn in seinen Augen bist du doch stets wenig gelungen, sondern woraus du bestehst: ob du aus Fleisch bestehst oder ob aus anderem, elenderem Material, obgleich es schwerhält, ein elenderes Material als Fleisch zu finden; um zu sehen, was du im Leibe hast und was du zu sein glaubst und was du bist und was du sein würdest, wenn du nicht der wärest, der du bist. Und ihm genügt ein einziger Blick, um die Haare in deiner Nase zu zählen.

Nicht umsonst haben alle fremden Völker, die die Toskana zu besetzen und zu besitzen trachteten, immer feststellen müssen, daß sie von hinten angesehen wurden; immer haben sie dann, um nicht als Tölpel zu gelten, sich sehr entschuldigt und zogen von dannen. Oder wenn sie blieben, dann sind sie als arme Tölpel geblieben, mit jenen drolligen Gesichtern, die die Fremden, besonders die herrischen, auf den Bildern der Florentiner Maler tragen; die sie nicht nur so malten, wie sie waren, sondern wie sie den Augen der Toskaner erschienen, welchen die Tugend eignet, Dinge und Menschen nicht zu sehen, wie sie sind, sondern wie sie erscheinen. Eine seltene Tugend, in der auch der Hauptwert all ihrer Kunst liegt, nicht nur der Maler, sondern vor allem auch der Schriftsteller, die durch den finsteren Blick, die Aufgeblasenheit, durch die Mützen und Wämser und Helme und Panzer der Krieger, Päpste, Kaiser, Könige, Bischöfe, Würdenträger und Höflinge hindurch das zu sehen vermögen, was dahinter ist, und das Lächerliche darin zu erfassen und darüber zu lachen verstehen, mit jenem mageren, grünen Lächeln, das die Toskaner wie einen Halm zwischen den Zähnen bewegen. Welches nicht das breite und feiste Lachen der Lombarden, der Romagnolen, der Römer ist, nicht das gepreßte Lachen der Ligurer und Piemontesen noch auch das purpurne Lachen der Neapolitaner, sondern ein kaltes, schneidendes Lachen, das dir in die Augen dringt wie der Bohrer in einen Zahn.

Die Vorstellung, daß die zur Eroberung der Toskana ausgezogenen Fremden, angefangen beim ersten, der Hannibal hieß, in ihrem geschwollenen Hochmut drollig seien, ist im Volk auch nach all den Jahrhunderten noch lebendig. «Du bist komischer als Hannibal», sagt man bei uns in Prato. Vielleicht, weil Hannibal rußig war und nur ein Auge hatte. Daß die Toskaner, auf den Mauern ihrer Städte versammelt, um den Vorbeimarsch der Mohren und Elefanten zu genießen, Hannibal mit lautem Gelächter begrüßten, ist totsicher, und niemand wird mir sagen wollen, das sei Mangel an Erziehung gewesen. Keine toskanische Stadt öffnete ihm ihre Tore. Wenn Hannibal schlafen wollte, mußte er vor der Tür schlafen, wenn er unsern Wein versuchen wollte, mußte er ihn sich mit seinen eigenen Groschen erstehen, und wollte er eine Frau, dann mußte er sie sich von Afrika kommen lassen; derart daß er, erst einmal außerhalb der Toskana, keinen Fuß mehr in dieses Land setzen wollte und lieber noch zwanzig Jahre lang in Apulien und Calabrien straßauf, straßab zog und seine Scharmützel lieferte, denn dort genügte es, um diese Völker bei wohlwollender Laune zu halten, des Sonntags auf dem Marktplatz mit seinen abgerichteten Elefanten eine Vorstellung zu geben.

Nochmals durch die Toskana zu ziehen war für ihn, nach jenem ersten Empfang, wenig ratsam; er hätte dabei sein gesundes Auge aufs Spiel gesetzt. Das andere hatte er zwischen Massa, Montignoso und Pietrasanta eingebüßt oder, wie andere wollen, in Fucecchio oder im Osmannoro, der großen sumpfigen Grassteppe zwischen Florenz und Prato; wie es heißt, hatte ihm die Malaria das Auge erblinden lassen.

Doch seit wann eigentlich gräbt die Malaria den Leuten die Augen aus? Er verlor es, weil es ihm jemand eindrückte. Ohne diesen häßlichen Zwischenfall hätte Hannibal sicherlich in der Toskana Aufenthalt genommen, so wie später in Capua, um die frische Luft zu genießen. «O la bella insalatina – ell'è fresca e tenerina», o der schöne grüne Salat, wie ist er so frisch und zart!

Wenn aber die Toskana zu sehen, ihn ein Auge des Kopfes gekostet hatte, so hätte ihn ein Wiedersehen wahrscheinlich, wie man in Prato sagt, das Auge des Gesäßes gekostet, das ein besonders schönes Auge ist.

Ich entsinne mich, wie ich als Junge in der Arena von Prato, die nicht weit vom Collegio Cicognini, meiner Schule, entfernt liegt, eine Tragödie in Prateser Sprache gesehen habe; sie hieß «Die Karthager». Hannibal, ganz in Gelb, mit einer schwarzen Binde über dem fehlenden Auge, klopfte an das Tor einer Stadt, das bei genauem Hinsehen der Porta Pistoiese glich, durch die die Pistoieser Prato betreten; die Karthager sind in Prato stets durch die Porta Pistoiese eingezogen und werden es immer tun.

«Seid ihr alle gestorben dort drin? Gibt's hier nichts mehr zu trinken?» polterte Hannibal.

«Es ist schon neun Uhr vorbei, geh ins Bett, du Herumtreiber!» antwortete ihm ein Prateser und reckte den Kopf zwischen zwei Zinnen der Stadtmauer hervor. Dieser Prateser war nicht Stenterello, es war Bernocchino, der unerschöpfliche, weitberühmte Prateser Bettler, der in der Arena von Prato die Rolle spielte, die in Florenz, wo man gewählt zu sprechen hat, Stenterello übernahm. Den Pratesern und allen anderen Toskanern gefällt Stenterello, der Florentiner ist, weniger. Er ist eine Maske, ein stehender Typus, wie er den Florentinern zur Zeit des Großherzogs gefiel, wie er noch heute den Bigotten, den Wendehälsen, den Durchwachsenen gefällt, doch den anderen Toskanern, insonderheit den Pratesern, nie willkommen ist. Stenterello trägt einen Zopf, und wann je hätten die Toskaner Zöpfe getragen? Stenterellos Sprache ist glatt und rund, ist geleckt, er sagt «mamma mia», er sagt, «begeben Sie sich nach dort, tun Sie mir den Gefallen, ich darf Sie bitten, habe die Ehre, ergebenster Diener.» Ergebenster Diener? Wann je haben die Toskaner gesagt «ergebenster Diener»? Stenterello steckt sich erst den Finger in den Mund, wenn er sich bekreuzigt; wann je haben die Toskaner das Zeichen des Kreuzes mit Speichel gemacht? Nicht einmal mit Spucke, wie es in Florenz üblich ist! Stenterello geht in Schlappen; wann sind je die Toskaner in Schlappen gegangen? Der Schlappen macht den Menschen zum Schlappgänger, zum Stümper; und wann je wären die Toskaner Stümper gewesen? Und dann, der Schlappen gehört zu Menschen mit zierlichen Hinterbacken; und wo hätte man je einen Toskaner mit zierlichen Hinterbacken gesehen? Die Toskaner haben kraftvolle, feste Hinterbacken, und sie halten darauf; sogar die schönen Livorneser Frauen aus dem Quartiere della Venezia sind so beschaffen, obgleich sie die einzigen Frauen der ganzen Toskana sind, die in Schlappen gehen. Hieraus stammt wohl auch das bekannte Livorneser Sprichwort «Donna in ciabatte, mele basse», was besagen will, daß schlappentragende Frauen flach am Gesäß sind.

«Oh, was ist denn das für eine Tonart?» polterte Hannibal wieder.

«Was für eine Tonart soll es sein? Eine Prateser Tonart halt», gab Bernocchino zurück.

«Ha, da bin ich ja gut angekommen», rief Hannibal.

«Du bist in Prato angekommen und konntest nicht besser fallen», war Bernocchinos Antwort; «oder wo dachtest du sonst, daß du angekommen wärst? In Italien?»

«Wieso? Ist Prato nicht in Italien?»

«Nein, denn Prato ist nicht in Italien!» brüllte Bernocchino.

«Oh, wo ist das denn», schrie Hannibal hinauf, «wenn es nicht in Italien ist?»

«Es ist in der Toskana», erwiderte Bernocchino; und das Publikum platzte los, rieb sich die Hände, applaudierte stürmisch. Denn die Geschichte Italiens in jenen Jahren kannten sie alle in der Toskana, und alle wußten es auswendig, daß in Italien keiner uns leiden kann, keiner uns will und daß die Italiener uns als Ausländer behandeln, denn sie haben Angst und ein Gefühl der Unterlegenheit vor den Toskanern, beneiden und beargwöhnen sie, und sie wären das glücklichste Volk der Erde, wenn die Toskaner keine Italiener wären. «Gib acht», sagte Bernocchino ein andermal, «meinst du, es wäre schwierig, Italiener zu sein? Italiener zu sein sind alle imstande, sogar den Piemontesen und Sizilianern ist es gelungen! Aber versuch nur einmal, Toskaner zu sein und Prateser, ob dir das gelingt!»

Und nun, als der Applaus sich endlich gelegt hatte, entspann sich zwischen den beiden ein Dialog, der den Novellen Sacchettis entnommen sein konnte, in denen die Handelnden über alles und jedes sprechen, über die privaten und öffentlichen Dinge, über den Fürsten, den Bischof, den Podestà der Stadt, über das fett gewordene und das mager gebliebene Volk, so als handelte es sich um eigene Dinge und um Familienmitglieder; niemals weint oder tobt jemand oder klagt, bettelt oder murrt, sondern alle sprechen sie in jener trockenen Art, die den Toskanern eigen ist und die darin besteht, über die anderen so zu sprechen, als spreche man über niemand, und über alles zu reden, als rede man über nichts. Was das Gegenteil von der Art ist, wie die anderen Italiener sprechen: nämlich über nichts, als sprächen sie über alles.

Ich entsinne mich, daß an einer Stelle Bernocchino den Hannibal fragt: «Hör zu, Hannibal: was läßt du dir einfallen, in die Toskana zu kommen, wenn du noch nicht einmal weißt, auf wieviel Löchern ein Toskaner sitzt?»

«Auf einem», antwortete Hannibal.

«Auf einem? Weißt du denn nicht, daß die Toskaner auf den Löchern der anderen sitzen?»

«Es ist besser, daß ich gehe», erklärte Hannibal. Und er sagte nicht «che me ne vada», in italienisch, sondern «che me ne vadia», wie man in Prato spricht. Dann ging er, in seinem gelben Gewand, mit der schwarzen Binde über dem Auge, unter dem Pfeifen und Johlen des Volkes.

Aber es ist an der Zeit, die vorhin unterbrochene Rede über die Art, wie die Toskaner schauen, fortzusetzen.

Wenn du Italien von Kopf bis Fuß durchquerst, ich meine, von den Alpen bis Sizilien oder von Küste zu Küste, vom Tyrrhenischen zum Adriatischen Meer, so wird dir auffallen, daß im Unterschied zu anderen Ländern, wo niemand aufsieht und dir ins Gesicht schaut und die Leute dich nicht einmal zu bemerken scheinen, in Italien alle dich anschauen.

Millionen von Augen folgen dir, von den Türen, von den Fenstern her, aus der Tiefe der Läden heraus. Dir ist, als schaue ein ganzes Volk dich an, folge dir mit den Blicken, doch im Unterschied zu den Toskanern nicht, um dich zu beurteilen, sondern ganz einfach, um dich anzuschauen. Es liegt keine blanke Neugierde in den Augen der Italiener; etwas Schmerzliches, Tiefes, Trauriges liegt darin, etwas, was auch in den Augen der Tiere ist. Besonders bei den Frauen und bei den Kindern; deren einziger Schutz in ihrem Blick liegt. Und sie schauen dich an, auch wenn du glaubst, daß niemand dich sieht: hinter den Läden und Vorhängen, den angelehnten Türen, aus dem Dunkel oder enger Gassen hervor. In Italien schauen dich auch die Blinden an.

Nach der Landung in Sizilien und bei Salerno, im Jahre 1943, fühlten sich die Engländer und Amerikaner bei ihrem langsamen Zug durch Italien, von Calabrien nach Lucanien, Apulien, Campanien, in die Abruzzen, nach Latium bis hinauf nach Rom, von Millionen Augen betrachtet: Junge, Alte, Frauen, Kinder und Hunde, Katzen, Pferde, Esel, Schafe, Rinder, alle Italiener schauten sie an, so Mensch wie Vieh. Und nicht um zu sehen, wie sie wären, von welcher Farbe; sondern aus einem wichtigeren, tieferen Grund. Um zu sehen, ob sie gleichfalls Menschen seien, um mit den Augen deren Zugehörigkeit zur menschlichen Gattung zu erkunden. Es war das erstemal, daß diesen Soldaten jemand ins Gesicht sah. Es war etwas angenehm Neues für sie, die aus Texas, aus Kanada, aus Schottland, aus Australien, aus Südafrika, aus Neuseeland kamen, so viele Augen auf sich gerichtet zu fühlen. Nicht nur waren sie auf diese Blicke stolz; sie waren verwundert, daß sie betrachtet wurden. Sie kamen aus Ländern, wo niemand einen anderen anschaut, wo niemand sich für wert hält, betrachtet zu werden.

Dann durchzogen sie Rom, zwischen dem dichten Spalier festlichen Volkes, das sie anschaute und Beifall klatschte, überschritten den Tiber, zogen durch Montalto di Castro, Bolsena, Orvieto, überstiegen den Radicófani-Paß und betraten die Toskana; und nun änderten sich die Dinge. In den Augen der Leute lag etwas, was in den Augen der anderen Italiener nicht gelegen hatte, eine Ironie, eine Verachtung, eine spöttische Grausamkeit, die sie argwöhnisch werden ließ, sie demütigte, sie zum Erröten brachte. Die Toskaner begnügten sich nicht damit, sie anzuschauen, sie beurteilten sie. Sie sagten «die Ärmsten!». Nicht, wie man glauben könnte, daß sie diese «Ärmsten» damit auf den Arm nehmen wollten oder Mitleid mit ihnen bewiesen. Die Toskaner haben mit niemandem Mitleid. In diesem «poerini!», die Ärmsten!, lag das volle christliche Erbarmen, dessen die Toskaner fähig sind; ein Erbarmen, vor dem man sich in acht nehmen soll, ein Erbarmen, das mörderischer ist als kurze Pistolen. Es gibt keine ärgere Beleidigung im Munde eines Toskaners als dies Wort «poerini!». Versuche einmal, zu einem Mann vom Lande «poerino!» zu sagen; aber gib acht, daß du dir keine «curtellata», keinen Messerstich, zuziehst.

Und als sie durch das Kornmeer der Maremmen, durch Livorno, Siena, Arezzo gezogen waren und ins Arno-Tal hinabfluteten, auf Pisa und Florenz zu, auf Prato, Pistoia und Lucca, da brachte diese staubige Reise – es war im Juli, und die Zikaden sägten die Äste von den Bäumen – mitten durch das besiegte Volk, das sie mit kühler Ironie betrachtete und «poerini!» dazu sprach, allmählich im Gemüt dieser Fremden, dieser siegreichen Soldaten, eine Unruhe, einen Argwohn, einen Zweifel zum Keimen, daß sie sich nicht mehr so selbstsicher vorkommen konnten.

Sie hatten bis zu diesem Tage geglaubt, stark, reich, gerecht, redlich zu sein, auf der Seite des Rechts zu stehen, sie hatten sich bis zu diesem Tage als Sieger gefühlt, und nun auf einmal begannen sie, nicht nur an ihrer eigenen Stärke, an ihrem Reichtum, an ihrer Überlegenheit als Sieger über diese besiegten, verjagten, gedemütigten, halbverhungerten Italiener zu zweifeln, sondern auch daran zu zweifeln, daß sie die Sieger seien. Unter diesen kühlen, ironischen, grausamen, spöttischen Blicken, zwischen diesen Menschen, die ihnen ins Gesicht sahen und sagten: «O icché vogliono, poerini? Was sie wohl wollen, die Ärmsten? Für was sie sich wohl halten? Schau, was die nett sind!» da fühlten sie sich allmählich schwächer, ärmer, weniger von sich überzeugt als sogar jene, die dort standen und sie so grausam erbarmungsvoll anschauten, die ihnen mit den Augen folgten, wenn sie im Dröhnen ihrer Motoren vorüberzogen. Die intelligentesten — wenige, aber es gab sie — kamen sich lächerlich vor.

Es war das erste Mal, daß sie auf freie Italiener gestoßen waren. Bis zu diesem Augenblick hatten sie geglaubt, daß die einzige Art von Freiheit in Italien das Beifallklatschen sei; jetzt entdeckten sie, daß in der Toskana die Freiheit — abgesehen von dem Umstand, daß viele Aufgebrachte, Männer und Frauen, großenteils die ganz jungen, von den Dächern und aus den Fenstern nach ihnen schossen: daß das übel getan war, wissen wir, aber sie taten es, das wissen wir ebenso — sie entdeckten, daß in der Toskana die Freiheit etwas Verachtendes, etwas Grausames war, etwas Stolzes ohne Dünkel, etwas Respektvolles ohne falsche Scham, fast möchte ich sagen, etwas wie gesittete Schamlosigkeit. Die Toskaner erlaubten sich, über sie zu lachen, sie zum besten zu haben, sie «buchi», Löcher, zu nennen, sie wie Leute ohne jegliches Gewicht zu behandeln, zu ihnen «poerini!», die Ärmsten! zu sagen. Was Wunder also, wenn die Alliierten sich in der Toskana, zum erstenmal seit sie in Italien gelandet waren, wie in fremdem Hause vorkamen?

Sie kamen sich als Eindringlinge vor, als unerwünschte Gäste, fast als arme Verwandte; wie es einem geschieht, der eines anderen Haus betritt, ohne um Erlaubnis zu fragen. So daß sie, die Eroberer, die Toskana unter den Komplimenten, unter solchen Komplimenten, meine ich, und unter Schüssen von den Dächern herab besetzten, mit der Miene von Leuten, die sich entschuldigen, da sie in solchem Durcheinander nicht wußten, ob die Komplimente feindselig und die Flintenschüsse freundschaftlich gemeint seien. Wundert euch also nicht, daß diese «Ärmsten», diese «Löcher» nicht wußten, wie sie sich aufführen sollten, ob als Herren oder als Gäste, ob als beschossene Sieger oder als lächerlich gemachte Besiegte, oder um es auf spanisch mit De Quevedo zu sagen, ob als verteufelte Büttel oder als verbüttelte Dämonen.

Nicht etwa, recht verstanden, daß es nicht auch in der Toskana wie im übrigen Italien diese kleinen Unterhandlungen zwischen Siegern und Besiegten, dies Blinzeln dahin und dorthin, dies Lächeln mit dem Mundwinkel, diese Art das Bein zu heben gegeben hätte, die bedeuten soll: «wenn du schön lieb bist, gibt sich alles», worin die Italiener Meister sind, und mehr als die Toskaner. Doch lag in diesen kleinen Unterhandlungen zwischen Toskanern und Alliierten, in diesem Blinzeln, in diesem halben Lächeln, in diesem angehobenen Bein ein Nebensinn, der besagen wollte: «wenn du zum Spiel stehst, gut, wenn nicht, zieh ich dir ein paar mit den Knöcheln übers Haupt». Die anderen standen natürlich zum Spiel. Was alles nicht geschah, weil etwa die Toskaner in Augenblicken solch großer Verwirrung wie damals bessere Helden als die übrigen Italiener wären; es geschah, weil die Toskaner weniger heldenhaft als die anderen sind. Ich will damit sagen, sie sind keine Tenöre, sie singen nicht, sie sprechen. Sie spülen sich nicht den Mund mit schönen Phrasen à l'italienne aus. Und ihre Dinge erledigen sie nicht in Poesie, sondern in Prosa.

Und ehrliche Prosa, uralt dazu, waren Redewendungen und Worte wie «kommen Sie schon!, gehen wir, Torfkopf!, machen Sie keine Sperenzchen!, knöpfen Sie sich auf!, legen Sie den Kragen um!, legen Sie doch die Wampe nicht in Falten!» und andere freundliche Äußerungen der Art, mit denen die Toskaner die englischen und amerikanischen Soldaten empfingen, die gleichen Wendungen, mit denen sie seit Jahrhunderten Eindringlinge und Gewalttätige zu behandeln pflegten. Denn nichts gibt es, das den Toskanern so zuwider ist wie rhetorische Worte und die Untugend, mit der Zunge den Helden zu spielen.

Zu Karl VIII. sagte Capponi nicht: «Laßt ruhig eure Trompeten blasen, wir werden unsere Glocken läuten», wie nur behauptet, wer die Toskaner nicht kennt, oder nur die, die D'Azeglio in seinen Romanen schildert; Capponi sagte ganz einfach, in seinem Tonfall vom Borgo Tegolaio: «O buco, lévati di mezzo, hau ab, wenn du nicht willst, daß ich mit der Totenglocke deinen Durchfall einläute», was treffende und würdige Worte sind. Und Ferrucci sagte in Gavinana zu Maramaldo nicht: «Elender, du tötest einen Leichnam», was geschwollene Worte eines Schmierenkomödianten sind, aber nicht eines Toskaners; sondern er sagte schlicht: «Tu dái a un morto», du haust einen Toten, was gerade und sehr toskanische Worte sind.

Und was tat und sagte jener Jacopo dei Pazzi, «principale della famiglia»? Agnolo Poliziano berichtet es uns: «Als er seine Hoffnung, Lorenzo dei Medici zu töten, verschwinden sah, ohrfeigte er sich selbst» – was echt florentinisch ist – und schlug sich immer weiter ins Gesicht, bis er gepackt und aufgehangen wurde; und «schon dem Tode nahe schrie er, daß er seinen Leichnam dem Teufel gebe», wo ein anderer, der nicht Toskaner und Florentiner war, um Erbarmen gebettelt und Gebete gestammelt hätte. Poliziano, der diese sehr toskanischen Ereignisse erzählt, wundert sich höchlichst und zu Unrecht darüber, denn Jacopo bewies nur, daß er ein Mann war, und mehr als ein Mann, ein Toskaner, und den eigenen Körper dem Teufel zu geben war eine Tugend in einem Augenblick wie diesem und in einer Stadt wie Florenz, wo viele der besten Bürger und Lorenzo und Giuliano und Poliziano selbst dem Teufel jenes Löchlein zu geben pflegten, aus dem häufig, auch in Florenz, der Hauch der Seele entweicht.

Und was tat, um in der Familie der Pazzi zu bleiben (die eine äußerst toskanische Familie war, und fast bedaure ich, daß ich nicht einer der ihren bin), was tat und was sagte jener Francesco, der Sohn von Jacopos Bruder Antonio, von dem der gewohnte Poliziano berichtet, er sei «wie alle Pazzi unerhört leicht zu erzürnen gewesen: klein von Gestalt, ein schmächtiger Körper, erdige Hautfarbe, hellblondes Haar, das er, wie es hieß, übermäßig pflegte»? Welch weibliche Eifersucht, Messer Agnolo, liegt in diesem «übermäßig»! Dies hellblonde Haar scheint mir gut zu jenem anderen Zug seines Charakters zu passen, daß er «ein blutgieriger Mensch war», und er bewies es an jenem Morgen in Santa Reparata, als er über Giuliano herfiel, der, von Bandino schon halbtotgeschlagen, ohnmächtig am Boden lag, und ihm immer wieder den Dolch in den Leib stieß. Auch Francesco wurde in dem Tumult verwundet, er lief nach Hause und wurde nackt und nur noch halb lebendig zum Galgen geschleift. Er tat nichts anderes als spukken – Poliziano sagt es nicht, aber alle wissen, daß er nichts weiter tat als spucken; und diesem Munde stand Spucken besser als Sprechen – womit er ein Schauspiel «seines unglaublichen Hochmuts» gab. Weshalb dieser Vorwurf? Wann ist je Hochmut, sei es selbst der Hochmut der Florentiner, eine Sünde gewesen in einem Land wie Italien, in dem, wer sich nicht hochmütig zeigt, ein Schaf ist? Als ob hochmütig sein ein Charakterfehler wäre in einer Stadt, die sich anschickte, die vom Tisch der Medici fallenden Brotkrümel mit der Zunge vom Boden aufzulecken?

Er spuckte, als er am Balkongitter des Palazzo dei Signori hing; und er spuckte, bis er tot war. Und dort kam jener andere Francesco zu ihm, Francesco Salviati, Erzbischof von Pisa, der des anderen mit seinem gleichen zornigen Übermut höchst würdig war und «vor dessen Leiche aufgehängt wurde». «War es Zufall», erzählt Poliziano, «war es sinnlose Wut, er hängte sich mit den Zähnen an die Leiche des Francesco dei Pazzi und biß ihn in die Brust, mit besessen aufgerissenen Augen, noch als er von der Schlinge erwürgt wurde.» Und da gehe einer und traue den Erzbischöfen, besonders wenn sie aus Pisa sind!

Ich weiß nicht, ob es die Wut ist, die sie im Leibe haben, was sie treibt, lieber zu spucken als zu sprechen, und die Zähne zu gebrauchen statt der Zunge, oder ein anderer Grund; fest steht, daß die Toskaner und besonders die Florentiner alle ihre Dinge in Prosa erledigen, in größter Schlichtheit, ohne überflüssige Worte, und mehr noch die großen und grausigen Dinge als die kleinen und lieblichen. Wie man aus dieser Verschwörung der Pazzi ersieht, welche jedem, auf der Seite der Medici wie auf der Seite der Pazzi, Gelegenheit gab zu beweisen, wie elend gering die Toskaner Rhetorik und schöne Worte und barocke Gesten veranschlagen. Man denke an das, was jenem Jacopo dei Pazzi geschah, nachdem er tot war.

Poliziano berichtet, daß in jenen Tagen «lange, ununterbrochene, verheerende Regenfälle eintraten» und «dem noch milchigen Hafer» schweren Schaden zufügten. Die Schuld an diesem Regen wurde von den Bauern der Gegend um Florenz dem Jacopo dei Pazzi zugeschoben, weil er, ein so verworfener Mensch, in geweihter Erde bestattet worden war. Weshalb sich eine große Menge Menschen zu dem Platz begibt, wo Jacopo begraben liegt, man ihn ausgräbt und draußen vor der Mauer verscharrt.

Doch am folgenden Tage, «was wirklich ungeheuerlich erscheint, läuft eine große Menge Kinder, wie von heimlichen Flammen der Furien verzehrt» – oh, da man es am wenigsten erwartet, kommt hier der Poliziano der lateinischen Reimer zum Vorschein, mit seinem ganzen Hofstaat von Musen, Nymphen, Apolls, Orpheusen, zeigt sich der kleine Hauslehrer der Medici!, der, wenn er Florentiner wäre, noch das Ferkel des Tacca zum Erröten brächte! «und graben den Leichnam abermals aus; einer, der sie daran hindern wollte, wäre um ein geringes von ihnen mit Steinwürfen umgebracht worden. An der Schlinge, mit der er erwürgt worden war, schleifen sie den Kadaver unter vielen Schimpf- und Schmähreden durch alle Straßen der Stadt. Einige ziehen höhnend und spottend vorweg und ermahnen die Bürger beiseite zu treten, um einen so hervorragenden Cavaliere vorbeiziehen zu lassen. Andere schlagen mit Stöcken und Spießen auf die Leiche ein, treiben sie zur Eile an, damit die Florentiner, die ihn sehr zu sehen begehrten, auf der Piazza nicht zu lange warten müßten. Sie zerren ihn bis zu den Häusern der Pazzi, lassen ihn mit dem Kopf an die Tür klopfen, rufen laut: ‹Ohé, ihr da drinnen, eilt herbei, den heimkehrenden Hausherrn zu empfangen!› Bis sie schließlich zum Arno hinabziehen und den armen geschundenen Leichnam in den Fluß schleudern.» Mit dem Wort «cadaveraccio» schließt die Szene; kein Wort je schien mir toskanischer, schien mir wohlerzogener zu sein.

Dieser Tote, der sehr wohl vieles für sich hätte vorbringen können,

konnte sich nicht wehren und wehrte sich nicht, und hätte er es ge-
konnt, dann würde er sich bestimmt nicht mit schönen Sätzen verteidigt haben, wie es in Italien üblich ist, wo die Rhetorik häufig die
Stelle der Tatsachen vertritt. Denn es gibt keinen Toskaner und hat
keinen je gegeben, der in irgendeiner großen Gefahr, bei irgendeinem
Triumph oder dem Tode nahe, zu singen anhöbe oder radzuschlagen
oder die Rolle des Helden zu spielen; was für gewöhnlich in solchen
Momenten ihm dem Munde entschlüpft, ist ein Lachen oder ein gro-
bes Wort, und du weißt nicht, ob er sich selbst zum besten haben oder
die anderen verhöhnen, über sich oder über die anderen zum Lachen
reizen will. Sicher ist, daß er sich mehr auf seiten des Aristophanes
als des Pindar hält. Und geschieht es ihm, daß er in der Weise sterben
muß, die man «heldisch» heißt, dann greift er nicht nach Schwertern
mit vergoldetem Griff, sondern nach dem, was ihm gerade zur Hand
kommt. Wie es Lorenzo dei Medici tat, als er sich unversehens in Santa Reparata gegen die Pazzi und ihre Mordgesellen mit einer Art Stilett
wehren mußte, das sich dann als Papierschneider herausstellte.

«Indessen werfen sich die Mörder», erzählt Poliziano, der Zeuge
und Mithandelnder des bösen Ereignisses war, «auch auf Lorenzo,
und als erster legt ihm Antonio da Volterra die Hand auf die linke
Schulter und will ihn in die Gurgel treffen. Doch Lorenzo löst sich unerschrocken den Mantel», – Poliziano sagt «imperterrito», unerschrok-
ken, und glaubt ihm damit Ehre anzutun; doch unerschrocken sagt
man von einem Mann, der kalt und stolz in der Gefahr bleibt und
keine Wimper und keine Rippe bewegt; was das Gegenteil von dem
ist, was in seiner volkhaften Wut Lorenzo tat, als Enkel einfacher Leute, der er war, denn seine Vorfahren kamen aus dem Nichts, waren
Emporkömmlinge, und er selbst hatte zarte Haut, aber dickes Blut;
und er löste sich keineswegs den Mantel, wie Poliziano sagt, sondern
zog sich, nach einem anderen Bericht, die Jacke aus – «wickelt sie sich
um den linken Arm und reißt den Degen aus der Scheide». Wieder
glaubt Poliziano, dem Lorenzo Ehre anzutun, wenn er «Degen» sagt
und damit jenen Papierschneider bezeichnet, den er im Augenblick der
Bedrängnis geistesgegenwärtig genug war, Lorenzo in die Hand zu
drücken, denn der pflegte, als guter Christ, ohne Waffen zur Kirche zu
gehen.

«Er wird trotzdem verletzt, denn als er sich das Kleidungsstück ab-
nimmt, trifft ihn ein Hieb am Hals; doch beherzt und geistesgegenwärtig packt er den Degen, wendet sich gegen die Mörder und mit ra-
schem Blick nach allen Seiten wehrt er alle ab.» (Haut ihn doch, mit
seinem Stoßdegen! Ein Papiermesser war's, an dem noch der Geruch
des tintenfeuchten Papiers hing, der Geruch des Griechischen Platons

und Plutarchs und des Latein Horaz' und des Toskanischen der Stanzen Polizianos.) Sie hätten ihn schließlich umgebracht, wenn nicht seine Mignons, Antonio Ridolfi, ein edler junger Mann, Sohn Jacopos, und Andrea und Lorenzo Cavalcanti, «deren er sich als Pagen bediente», und vor allem Sigismondo della Stufa, «ein ausgezeichneter junger Mann, der Lorenzo von Kindheit an in Liebe und wunderbarer Zuneigung verbunden war», ihn geschützt hätten.

In diesem Tumult, in dieser schwersten Gefahr, kam aus Lorenzos Mund kein Wort, kein Satz, wie sie höfische Poeten und Schriftsteller so lieben. «Er schrie und fluchte», berichtet uns Agnolo Poliziano. Das ist alles. Wenn ihm statt zu schreien und zu fluchen, statt groben Worten und Flüchen, einige jener aus der Nase gezogenen Wörtlein entschlüpft wären, die gottesfürchtige Leute so gern haben, dann könnt ihr sicher sein, daß Poliziano sie uns weiterberichtet hätte, möglichst noch in Griechisch und in Latein. Mir ist es nicht unlieb zu denken, daß «er sie alle gehen hieß, sich von hinten nehmen zu lassen»: und wirklich «wandten sich die Pazzi-Mörder entsetzt zur Flucht», laut Messer Agnolo, und das ist eine sehr wohlgesetzte Ausdrucksweise, um zu bedeuten, daß sie rannten, um sich von hinten ergötzen zu lassen.

Diese Art, die Leute, Einheimische wie Fremde, zum Teufel zu schikken, oder wie der Toskaner in seiner naturgewollten Obszönität zu sagen pflegt: «va' a pigliarlo in tasca», laß dir einen von hinten verpassen, ist eine höchst toskanische Art, Geschichte zu sehen, die du bei allen Toskanern antriffst, bei denen, die hoch, wie bei denen, die niedrig stehen, bei den Fetten sowohl wie bei den Mageren. So daß die Geschichte der toskanischen Städte und die von Florenz im besonderen ein einziges Einander-von-hinten-ergötzen-lassen ist, und es gibt keinen Toskaner oder Fremden, ob groß oder klein, der im geeigneten Augenblick das nicht hätte tun müssen. Auch Dante ist es so ergangen: und es stimmt nicht, daß er es für sich, privat und freiwillig, tat. Wahr ist, daß sie ihn ausschickten, solches zu tun.

Das, was Lorenzo schreiend und fluchend hinter der geschlossenen Sakristeitür von Santa Reparata den Pazzi-Mördern zurief, ist nur das, was jeder Toskaner in den Augenblicken sagt, wo solche Worte angebracht sind; und ich möchte, daß bei den Inschriften an Denkmälern, auf Gedenktafeln an den Fassaden der Paläste und Häuser und sogar am Architrav des Palazzo della Signoria, unter der Widmung an Christus, den König von Florenz, die Worte eingemeißelt stünden: «va' a pigliarlo in tasca.» Ich möchte diese Worte auf der Titelseite der Chroniken Dino Compagnis und Villanis, der Geschichtsbücher Machiavellis, Guicciardinis und Giambullaris gedruckt sehen, denn die ganze Geschichte von Florenz und der Toskana liegt in diesem «von hinten ergötzt werden»: ich meine die Geschichte der toskanischen Freiheit, von dem «geschehen Ding hat Hand und Fuß» Dino Compagnis, was besagen will, daß alle früher oder später solches erleiden müssen, bis zu dem berühmten «geht und laßt euch von hinten, ihr und die Freiheit» des Lorenzino dei Medici.

Als Lorenzino den Herzog Alexander umgebracht hatte, der nicht nur ein Tyrann war, sondern auch ein zwei Meter hoher Riese, wurde ihm von den wichtigsten «liberalen» Florentiner Bürgern und Feinden der Tyrannei Alexanders vorgeworfen, daß er sich nicht die Leiche des Tyrannen auf die Schultern geladen, sie auf die Straße hinabgetragen und die Florentiner zur Freiheit aufgerufen habe. Auf diesen Vorwurf erwiderte Lorenzino, daß er vor allem, klein und schmächtig, wie er war, das nicht geschafft hätte und daß, wäre er auch nachts mit dem ungeschlachten Körper auf der Schulter «a mo' di facchino», wie ein Packträger, auf die Straße gekommen und hätte mit seiner zirpenden Stimme gerufen: «Florentiner, es lebe die Freiheit!», niemand aufgewacht, niemand auf die Straße geeilt wäre und daß die wenigen, die neugierig aus dem Bett gesprungen wären, nur hinter den Fensterläden gestanden und gelacht hätten. «Geht alle und laßt euch von hinten, ihr und die Freiheit!» scheint dieser Taschenbrutus, dieser Held der toskanischen Freiheit seine Verteidigung zu beschließen; und ich wüßte nicht, wer ihm unrecht geben könnte. Solches erzählt er selbst in seiner «Apologia», die nicht eine seines bereits dämpfigen und barocken Jahrhunderts würdige Prosa ist, sondern eher eine Prosa des mageren Trecento, aus dem vierzehnten Jahrhundert, oder aus der Zeit der Griechen, die äußerst mager waren, und am ehesten Prosa Xenophons.

Und aus eben diesem Grunde ist die Erinnerung an die Alliierten in der Toskana die an ein mächtiges, siegreiches Heer, das dorthin zu gehen schien, wohin man es geschickt hatte, zum Teufel, oder «um sich von hinten nehmen zu lassen», und das mit eingezogenem Schwanz lief, alle Augenblicke zurückblickend, aus Angst, daß jemand es in den Hintern kneifen möchte. Es ist fast die gleiche Erinnerung, wie sie Karl VIII. zurückließ, der König von Frankreich.

## 8

*Der Arno ist ein Fluß, der lacht,*
*der einzige Fluß in Italien, der den*
*Leuten ins Gesicht lacht.*

An jenem Augustmorgen des Jahres 1944, als die Engländer endlich den Arno überschritten und über den Ponte Vecchio auf die Piazza della Signoria zogen, schien es mir, als wohnte ich dem Einzug Karls VIII. in Florenz bei, wie er auf dem Bild in den Uffizien dargestellt ist, auf dem die Florentiner, längs der Häuser gegenüber dem Präfekturpalast, der damals der Mediceerpalast war, aufgereiht stehen und dem Einzug Karls durch die Via Cavour zuschauen.

Karl VIII. sitzt auf einem französischen Fohlen mit langen dünnen Beinen, um die Schultern trägt er einen weiten roten Mantel, auf dem leichtblonden Kopf mit den verfilzten Locken schwebt ihm eine goldene Krone schräg über der Stirn, in der Hand hält er ein goldenes Zepter, und er wendet das Pferd in Richtung aufs Tor der Präfektur, hinter ihm ein Schwanz französischer Herren in Seide, Damast und Lyoneser Samt, mit Goldlilien betreßt. Ich habe tölpelhafte Gesichter genug gesehen, aber eines wie dieses niemals. Es war nicht nur das, was man ein Blödgesicht nennt, sondern etwas, was in der Toskana richtiger, laßt es mich ruhig aussprechen, «un muso di bíschero», eine dumme Luderschnauze, genannt wird: mit einer zierlichen, lieblichen Nase, einem dünnen Klatschweibmund, mit einem Etwas von «Mamma mia» in der Art, in den Bewegungen, den Gesten, der Stellung der mageren Arme, des Händchens, das das Zepter hält, in seinen rotumhüllten Schultern im Purpur Caesars, eines Caesarlein, in seinen krummen Beinchen, wo er im Knie den Knochen eines Milchlamms zu haben scheint, und in seinen blondbewimperten Augen, die bis an den Rand voll sind von aufgeblasenem Dünkel und einer großen Angst, er könne vom Pferde fallen.

Es war, mit einem Wort gesagt, ein Blödiansgesicht, eines von denen, die mit Kreide an die Blechwände der öffentlichen Bedürfnisanstalten gemalt sind, als der wahren Wandzeitung der Italiener und dem echtesten Zeugnis dafür, daß die Pressefreiheit in Italien zur selben Gattung gehört wie die Freiheit zu urinieren. Ein Blödiansgesicht, wie es so viele bei uns gibt, und man begreift nur nicht, aus welchem Grunde sie von außen her kommen müssen, als hätten wir im eigenen Hause Not daran. (Der ganze Extrakt der Geschichte Italiens ist dieser: all unser Leid und Unglück rührt von der Tatsache, daß die Ludergesichter nicht nur aus dem eigenen Hause, sondern auch noch von draußen hereinkommen und daß die von draußen denen aus dem Hause Konkurrenz machen.) Diesem Näschen, diesem Mündchen, diesen Äuglein, der milchigen Haut, dem ganzen Hausmachergesicht weitere durchtriebene Blödheit zu verleihen, dazu dienten die gegenüberstehenden Florentiner, mit der Schlappennase von Leuten aus dem Volke, wie es die Medici waren, mit dem breiten Flaschenmund und den herausgetriebenen besessenen Augen Lorenzos und der Seinen, mit dem schöpflöffelartigen Holzkinn, mit den schwarzen, fast blauen Mähnen und mit dem Ausdruck des ganzen Gesichts, der zwischen stolz und anmaßend, zwischen spöttisch und boshaft liegt, der – seien wir gerecht – nicht immer der Ausdruck von Ehrenmännern sein mußte, aber sicher der von Männern.

Wenn ich Karl VIII. auf dem Uffizienbild betrachte, fällt mir als Gegensatz dazu jener Giuliano dei Medici ein, wie ihn Agnolo Poliziano beschreibt: «Er war von hohem Wuchs, quadratischem Körperbau, hatte eine breite vorspringende Brust, nervige Arme, kräftige Gelenke, zusammengepreßten Bauch, breite Oberschenkel, über Gebühr ausgeprägte Waden, lebhafte Augen, scharfen Blick, braune Hautfarbe, üppigen Haarwuchs, lange, schwarze, von der Stirn in den Nacken zurückgeworfene Haare. Tüchtig im Reiten und im Bogenschießen, ausgezeichnet im Springen und in anderen körperlichen Übungen, fand er größtes Vergnügen an der Jagd. Hohen Mut und zähe Standhaftigkeit besaß er, hing der Religion und den guten Sitten an» – hört, hört! – «liebte besonders die Malerei und die Musik und jede Art anmutigen Ausdrucks. Er hatte eine nicht unangemessene Begabung für die Poesie und schrieb mehrere toskanische Versdichtungen von wunderbarem Ernst und voll guter Sentenzen. Gern las er Liebesgedichte; war redegewandt und voll kluger Vorsicht, nicht aber geistesgegenwärtig. Ein großer Freund höflicher Formen, war er auch selbst nicht unhöflich. Sehr haßte er Lügner und jene, die Kränkungen nicht vergessen können. Mäßige Sorge trug er um seinen Körper, war jedoch elegant und stets gepflegt.» (Wusch er sich vielleicht mit trockenem Wasser?)

Schade, daß die Pazzi-Mörder ihn in Santa Reparata totschlugen; wäre er nicht gestorben, so hätte ich gerne miterlebt, wie er auf der Schwelle des Präfekturpalastes mit Karl VIII. zusammentraf, und ich hätte den Vergleich zwischen diesem stattlichen Florentiner und der halben Portion von Franzosen sehr genossen.

«Haben Sie eine gute Reise gehabt, zufällig?» fragt ihn Giuliano. «Oui, merci», antwortet ihm Karl VIII. «Der Weg von Paris bis Florenz ist weit», sagte Giuliano weiter. «Oui, merci», antwortet ihm Karl VIII. «Und haben Sie diese ganze lange Reise gemacht, um nach Florenz zu kommen und sich von hinten ergötzen zu lassen?» fragt ihn Giuliano. «Oh, oui, merci», ist Karls VIII. Antwort, mit einem runden Lächeln seines Duckmäusermundes. Und ich hätte gerne in solchem Augenblick das Gesicht der Florentiner gesehen, die auf dem Uffizienbild die Szene vom Gehsteig der Via Cavour aus verfolgen oder auf den Steinbänken längs der Mauern der Palazzi stehen oder ihres Weges ziehen und sich dabei umschauen, um einen halben Blick, wie man sagt, auf Karl VIII. zu werfen, und es ist, als sprächen sie untereinander «o chi gli è quel coso? Wer ist denn der Dingsda? Was will er? Wozu der wohl nach Florenz gekommen ist? Wer hat uns denn den geschickt? Weshalb geht er nicht, sich einen von hinten verpassen zu lassen, etwas weiter weg?» Was eine ganz toskanische, besser sage ich», florentinische Art ist, Blödiansgesichter zu begrüßen, die von draußen kommen, um denen herinnen Konkurrenz zu machen.

(Am Ende der Via Cavour, über den roten Dächern der Häuser, sieht man die Höhe von Fiesole mit ihren olivenbestandenen hellen Hängen, eine Rippe des Monte Morello, über dem eine weiße Wolke schwebt, trächtig von süßem Wasser, das wie das Wasser des Arno, des Affrico, des Mugnone schmeckt: und vor dieser hellen toskanischen Perspektive von Häusern, Oliven, Weinbergen, Zypressen, hellem blauem Stein und grünem Himmel, verschwimmt in der Luft das Gesicht Karls VIII. mit seiner feisten weichen Haut gleich der Haut eines Suppenhuhns. Ein helles Lachen geht durch die Zuschauer, das Lachen, das stets durch die Toskaner strömt, wie ein Fluß, wie der Fluß, der Arno genannt wird; er ist ein Fluß, der lacht, der einzige Fluß in Italien, der den Leuten ins Gesicht lacht.)

Als sie an jenem Augustmorgen des Jahres 1944 den Arno überschritten, vom Ponte Vecchio her Por Santa Maria erreichten und von der Piazza della Signoria in die Via dei Calzaioli einbogen, da schob ein unscheinbares Männchen seinen Handkarren vor der Spitze der englischen Panzerkolonne einher. An jeder Kreuzung standen aufrecht in der Via dei Calzaioli die städtischen Verkehrsschutzmänner mit der roten Metallilie am Rockkragen und in weißen Handschuhen und regelten den Verkehr; unter Verkehr hat man den Einzug der alliierten Heere in Florenz zu verstehen. Es war Sommer, es war heiß, und diese Florentiner Verkehrspolizisten, untadelig in ihrer blanken Uniform, erregten das bewundernde Staunen der Engländer, die zerzauste und zerlumpte Menschen in einer bleichen, durch die lange Belagerung ausgezehrten Stadt erwartet hatten. An der Spitze der Kolonne, unmittelbar hinter dem Handkarren des Männleins, rasselte mit höllischem Kettenklirren ein mächtiger Panzer einher.

Aus der offenen Luke schrie ein Soldat dem Männlein vor ihm zu: «Get away! Go away!» und machte ausholende Bewegungen mit den Armen. Doch der schob seinen mit Weinflaschen voll beladenen Karren vor sich her, wandte sich unterdes zurück und rief vernehmlich: «La si calmi, beruhigen Sie sich, beruhigen Sie sich! Kommen Sie nur näher heran mit Ihrem Gestell da, wenn Sie so eilig sind!»

«Go away, go away!» brüllte der Panzersoldat.

«Oh, was ist denn das für eine Art? Eilig hab ich's auch!» tönte das Männchen; und zu den Vorübergehenden gewendet, die ihren Dingen nachgingen, ohne dieses ausländische Heer, das die Via dei Calzaioli verstopfte, eines Blickes zu würdigen, oder die ironisch mit ihren verkniffenen Augen diesem Vorbeizug verstaubter Eisenmassen zusahen, redete er weiter: «Was ist denn das für eine aufdringliche Manier? Daß man doch dauernd etwas Neues lernen muß. Die einen sind kaum fort, da kommen diese hier! O Herr Verkehrsregler, haben Sie da gar nichts dazu zu bemerken, oder? Hören Sie nicht, wie die bollern? Boller, Boller! Du willst bollern, na schön, ich geh nicht weg, ich gehe meines Weges! Und wenn du's eilig hast, zieh doch eine andere Straße! Hab ich nicht recht, dico bene, oh buchi, ihr Löcher?»

So schrie er und stieß seinen Karren vor der Kolonne her, der kleine Mann, er zog seines Weges, ohne beiseite zu gehen, bis er, am Ende der Via Calzaioli, wo sie auf den Domplatz mündet, neben dem Zeitungskiosk haltmachte, der sich an der Ecke der Misericordia befindet; der Kolonne zugewandt, die mit gräßlich dröhnenden Ketten vorbeilärmte, schrie er ihr nach: «Oder für was haltet ihr euch denn? Meint ihr, daß ihr bei euch zu Hause seid? So viel Platz gibt's in der Welt zum Kriegführen, und gerade hierher müßt ihr kommen? Oh buchi, ihr Löcher!»

Ein städtischer Polizist kam auf ihn zu, um ihm wegen Verkehrsstörung eine Buße abzunehmen. Der kleine Mann schaute zum Campanile Giottos empor, zur Kuppel Brunelleschis, zu seinem «bel San Giovanni», dem Baptisterium, als riefe er sie zum Zeugen an: «Da beginnen sie schon wieder mit den Geldbußen», rief er, «wir sind doch frei!»

Zog da gerade an der Loggia del Bigallo ein amerikanischer Soldat vorüber, einer von den dicken, das feiste Gesäß in enge Hosen gezwängt, und beim Gehen wiegte er sich in den Hüften. Der Schutzmann schaute ihm nach, dann wandte er sich an das unscheinbare Männchen und meinte zu ihm: «Du hast schon recht, sie Löcher zu nennen! Wenn der in einen Sack Mehl einen Furz läßt, gibt es sechs Monate Nebel in Florenz.»

## 9

*Sie gehen in die andere Welt,*
*ins Jenseits, als gingen sie hinüber*
*in ein anderes Zimmer.*

Wer die Toskana betritt, dem fällt sofort auf, daß er sich in einem Lande befindet, wo jedermann Bauer ist. Bauer zu sein, das bedeutet bei uns nicht bloß, daß man ackern, graben, pflügen, säen, ernten, Bäume beschneiden, Wein keltern kann; es bedeutet vor allem, Schollen und Wolken zu mischen, aus Himmel und aus Erde ein einzig Ding zu machen. Nirgendwo, kann ich behaupten, ist der Himmel so nah der Erde wie in der Toskana, du begegnest ihm im Laub der Bäume wieder, im Gras, im Auge der Rinder und der Kinder, auf der glatten Stirn der jungen Frauen. Ein Spiegel ist der toskanische Himmel, so nah, daß er unter deinem Atem beschlägt: Berge und Hänge, die Wolken, und zwischen diesen die walddichten Täler, die grünen Wiesen, die Felder mit den geraden Furchen, und wenn er blank ist, erkennst du auf dem Grund, wie in klarem Wasser, die Häuser, die Strohhaufen, die Straßen, die Wassergräben, die Kirchen. Bei jedem Spatenstich mischt sich die Luft mit der Erde, und augenblicks sprießt aus den Schollen ein Flaum grünen und blauen Grases, entstehen Zikadenlarven, entstehen unvermutet Lerchen.

Es genügt, sie zu berühren, um zu fühlen, wie unsere Erde voll kleiner Luftblasen ist, und an bestimmten Tagen schwillt sie an und gärt, es ist, als müßten jeden Augenblick Brotlaibe daraus werden. Sie ist leichte, ganz reine Materie, solche, aus der man Statuen und Menschen bilden kann. Aus diesen Schollen wurde sicherlich der erste Mensch geknetet, jener Adam, der vor dem Sündenfall ein Gemisch aus Luft und Erde war und der erst nach seinem denkwürdigen Fehler zu Fleisch wurde.

Es ist Erde, die unsere, die nicht fett und schwer ist wie die Erde der Poebene und der Romagna, die die Hände ölt und die Pflugschar, und an Regentagen wird sie zu lauwarmem kupferfarbenem Morast, in den das Rind bis ans Knie einsinkt, im Frühjahr brodelt sie wieder und verströmt jenen warmen Geruch nach Gras und Milch, den du im Wein wiederfindest, im Brot, im Öl. Unsere Erde ist auch nicht die magere und geizige Erde Liguriens, die das Meer mit seinem salzigen Hauch austrocknet, in der die Fische leben und sich pfeilschnell bewegen könnten, wie Hafer heranwachsen, so daß man sie, wenn es Zeit ist, mähen kann. (Alles in Ligurien, die Reben, die Oliven, die Steine, hat Schuppen, Gräten und Flossen und schmeckt nach Dörrfisch.) Unsere Erde ist auch nicht die harte, kompakte Erde Latiums, in der der Pflug Waffen, Knochen- und Marmorgerippe aufwühlt, als sei lateinische Erde nicht nur dazu da, Hafer und Pferde zu erzeugen, sondern Fragmente von Statuen, Säulen, Spuren versunkener Städte und Nekropolen. Die einzige Erde, die der toskanischen ähnelt, ist die Erde Umbriens. Doch die Bauern auf dem Felde, über die Furchen gebückt, heben dann und wann den Blick vom Pflug und wenden ihn aufwärts, schauen der Wolke auf dem Berge zu, den Vögeln in den Buchten der Luft. Sie hoffen stets, daß Gottes Gnade vom Himmel auf sie herabregne, und nicht wie in der Toskana, daß sie aus der Erde heraufsteige.

Mannigfacher Natur ist diese unsere Erde. Da ist die von Lucca, getränkt mit Wasser und Dung, überreich an weißen und rosigen kleinen Würmern. Die echten Toskaner mögen sie nicht sehr, denn allzu gute Erde verdirbt die Menschen schnell, läßt sie fett werden im Geiz und im Hochmut. Dann ist da die Maremme. Wo der Pflug Scherben etruskischer Krüge aufwühlt und Medaillen, Gold- und Bronzeschmuck, Spiegel aus Silber. An manchen Stellen riecht Maremmenerde nach Eisen, anderswo nach Schwefel, denn sie ist mit Metallen und mit Feuer gemischt. Dann ist da die Erde von Siena, genau von der Farbe, die die Maler Terra di Siena nennen, und du findest sie im Haar der Frauen wieder, an den Wolken, am Laub der Bäume, am Himmel selbst, an jenem erdigen Himmel über den Tonbergen um Asciano: wegen der besonderen Gabe der Sienesen, Himmlisches mit Irdischem zu mischen, den Himmel aus der gleichen Materie nachzubilden, aus der die Erde gemacht ist. Längs der Flußläufe Arbia, Elsa und Orcia sitzen seltsame alte Männer ausruhend zu Füßen der Oliven, sprechen von Saaten, Ernten, Wundern, und ihre Augen sind weiß und starr. Sie sehen aus wie hohle Körper, wie leere Form, wie silbrige, bleiweiße Häute.

Da ist dann die Erde von Florenz, von Pisa, von Arezzo. Die Hügelerde, grau und blau, von der gleichen Farbe wie der helle Stein, der nichts anderes ist als gehärtete, von der Sonne gekochte Erde. Aus dieser klaren, heiteren Erde sind nicht nur Kirchen, Hausschwellen, Statuen gemacht, sondern auch die Bäume, die Reben, das Gefieder der Vögel, die Hände der jungen Mädchen. Von gleicher Farbe sind die Wolken, und ihr Widerschein verleiht den Gesichtern ein so reines Licht, daß es in dem Betrachtenden einen eigenartigen Abstand von Menschen und Dingen erzeugt, eine seltsame Hoffnung. Es gibt die

Erde von Tal und Ebene, in der Blau mit Grün sich mengt, sie scheint nicht nur mit Luft, sondern auch mit Gras angerichtet zu sein: es ist Erde von pflanzlicher Natur. Selbst die Bauern bestehen aus grünem Holz und haben Haare aus Gras, Gesichter aus zarter Weidenrinde, Augen wie zarte Gemmen. Die Körper scheinen leer von Blut, die Glieder holzig, keine Spur von Fleisch und Knochen. Im Alter werden die Körper trocken und leicht, die Menschen scheinen alte Bäume, glatt und silbrig, die Finger Rebschößlinge, knotig und mager. Sie haben nur zu ihrer Erde Zutrauen, zu dem, was sie säen, zu dem, was sie ernten. Und wenn sie prüfend in den Himmel schauen, so tun sie es ohne nutzloses Auflehnen und ohne Geiz, im ironischen Bewußtsein, den Gesetzen der Natur untertan zu sein.

Stets ist bei ihnen dieses uralte Vertrauen in die Erde vom Empfinden ihrer menschlichen Bedeutungslosigkeit begleitet. Sosehr auch vor allem bei den Toskanern ein gewisser Stolz offenkundig ist, eine gewisse innerste Überzeugung von der eigenen Überlegenheit über dieselben Naturkräfte, denen sie unterworfen sind und gegen die sie dauernd ankämpfen, eine gewisse Verachtung, möchte ich sagen, für all das, was der Herrschaft ihrer vorsichtigen, sparsamen Berechnung entzogen ist, so ist doch in ihnen auch jene Bescheidenheit ganz deutlich, die aus dem Sinn für Maß, für Verhältnis, für Zusammengehöriges entsteht. Die Welt, in der die Toskaner leben, ist eine menschliche Welt, die menschlichste aller Welten, in denen die verschiedenen Völker leben. Eine Welt, wo jedes Ding, jede Person, jedes Wesen, jede Kraft, jedes Tier oder jede Pflanze ihren bestimmten Platz haben, der ihnen nicht allein von den Gesetzen der Natur, sondern von den Gesetzen des Menschen zugewiesen ist, von jenen vor allem, denen die besondere, einsichtige Vernunft der Toskaner, eine Vernunft ohne Phantastik, die Richtung gibt. Alles ist gelenkt in dieser Welt, nicht bloß von physischen Gesetzen, sondern von moralischen Normen: von den Regeln einer Architektur, die für Kuppeln, Bogen, Häuser, Form und Farbe der Berge und der Bäume, Gedanken, Handlungen, Empfindungen der Menschen die gleiche ist.

Hier entspringt die Philosophie der Toskaner, ich meine die Geschichte ihrer Beziehungen zur Natur. Ironische Vorsicht leitet diese ihre Beziehungen; und selbst die Natur zeigt sich ihnen gegenüber vorsichtig, hütet sich wohl, ihre eigenen Gesetze zu brechen, wie sie anderwärts tut, aus Geschmack am Neuen oder aus Laune zu Mißgebilden. Weil ein Nichts genügen würde, den Toskanern ihr Vertrauen in Gott zu nehmen, das eng verwandt ist mit ihrer Ordnungs- und Gerechtigkeitsliebe. Jene unmenschlichen Geißeln, mit denen Gott den Hochmut und mitunter die Weisheit der Menschen züchtigt, Pestepidemien, Hungersnöte, Überschwemmungen, hätten in der Toskana keine andere Wirkung, als die Toskaner noch stolzer und noch selbstbewußter zu machen; würden sie so verhärten, daß sie nur noch zu sich selbst Vertrauen hätten und die Natur der strengen Herrschaft moralischer Gesetze unterwürfen, einer Tyrannei, vor der nicht einmal das Spiel der Jahreszeiten sich retten könnte. Selbst der Tod sähe sich gezwungen, aus Furcht vor Schlimmerem die moralischen Gesetze dieses Volkes zu respektieren, das allein von allen nicht an den Tod glaubt.

Nicht an den Tod zu glauben, nicht soweit er Universalgesetz ist, sondern besondere Norm eines jeden einzelnen, soweit er Erlebnis, persönliche Angelegenheit ist, das kennzeichnet die Toskaner. Der Gedanke an den Tod stimmt sie weder froh noch traurig. Sie gehen in die andere Welt, ins Jenseits, als gingen sie hinüber, in ein anderes Zimmer. Und wenn sie gehen, dann achten sie stets darauf, die Tür hinter sich zuzuziehen. Der einzige Toskaner, der ins Jenseits ging, ohne die Tür hinter sich zu schließen, ist Dante. (Und das ist ein Skandal geblieben bis heute.) Er war lebendig und gedachte die Tür offen zu lassen, bis er zurückkehren werde. Doch welches Bedürfnis haben die Toskaner, die Tür angelehnt zu lassen? Sie sind das Volk auf Erden, das nicht daran denkt zurückzukehren.

Sie wissen genau, daß Sterben für sie nichts weiter ist, als auf einen anderen Hof zu ziehen. Sie gehen, einen anderen Hof in Teilpacht zu übernehmen, das ist alles. Der Gutsherr ist immer der gleiche, überall er. So ziehen sie in die Hölle mit dem Spaten auf der Schulter, sie wissen, daß sie auch in der Hölle ein Stück Land finden werden, das zu bestellen ist.

## 10

*Und mancher sagt, daß gleich allem*
*Toskanischen dieser Wind von unter*
*der Erde kommt oder, wie die Etrusker*
*glaubten, aus der Hölle.*

Jedes Land hat seinen Wind, jeden Boden erkennt man an der Art, wie er atmet: und der Hauch, der die Blätter der Ölbäume schimmern läßt, die Kronen der Pinien schwellt, die Steine der Mauern und den Verputz der Häuser glättet, das Haar auf der Stirn der Mädchen zerzaust und den Himmel trüber Märztage blank putzt, ist der Hauch eben dieses Bodens, dieser Erde, ihr tiefer Atem.

Auch die Toskana hat ihre Art zu atmen, die ganz anders ist als die Liguriens, der Emilia, der Romagna, Umbriens, Latiums, dieser Landschaften draußen vor dem Zaun. Anders ist fast zu wenig gesagt, entgegengesetzt müßte es heißen. Auf die gleiche Art atmen ihre Bewohner, ihre Steine, ihre Gewächse, ihre Flüsse, ihr Meer. Vier an der Zahl sind auch in der Toskana die Hauptwinde, es sind der Grecale, der Libeccio, der Scirocco und die Tramontana. Doch sind dies nicht die Winde, die den Charakter der Toskana bestimmen, ihr die Farbe, den Atem, den Ton der Haut und der Erde, der Augen und der Blätter geben.

Aus Latium führt der Grecale einen kräftigen Geruch nach Pferd und Schaf heran: du atmest in der lauen Luft den Rauch der am Eingang der etruskischen Gräber längs den öden Hängen von Montalto di Castro, von Tarquinia und Tuscania entzündeten großen Feuer. Du spürst den Duft des Schafkäses, dessen Laibe auf einem Bett aromatischer Kräuter zum Trocknen in der Sonne ausliegen, des Kessels randvoll kochenden Quarks, der an den Türen der Hütten ausgespannten Schaffelle, des in der glühenden Hochsommerhitze ausgedörrten rissigen Lehms, der bei den ersten Herbstregen wieder zu Schlamm und Morast wird. Du spürst die Ausdünstung des Keilers in der Macchia, des Blutes der abgestochenen Schweine auf der Diele, der schwarzen Büffel, die den Abflußwässern der Kanäle des entwässerten Sumpflandes den Weg bahnen, wenn sie mit ihrer schweren Masse durch das Dickicht des Schilfs und Röhrichts brechen. Du spürst, wie dichter gelber Tuffgeruch sich in der dünnen Luft mit dem frischen bläulichen Dunst lichten Steines vermengt.

Denn in der Luft, an der Grenze des Ducato di Castro, dort wo die Maremma zur Campagna wird, entsteht das alte Bündnis zwischen dem Tuff der Sarkophage, dem Travertin der Säulen, dem Backstein der Aquaedukte und den Garben der Strohtürme in der Maremma, dem lichten Stein, dem Alberese, dem grünen Marmor der toskanischen Kirchen und Häuser. Ein guter Wind, der Grecale: aber er ist nicht von hier.

Vom Meer her bläst der Libeccio, der ein plötzlicher, gewalttätiger, irrer und räuberischer Wind ist. Er kommt aus Marokko, er kommt aus Spanien, er ist ein der Galeere entsprungener Wind, und er erholt sich so gut er vermag von der langen Gefangenschaft. Er kracht wie ein Widder gegen die verstreuten Wellen, stößt sie, treibt sie zusammen, hetzt sie weiter wie eine Herde aufgeschreckter Schafe, gegen den weißen Strand hin, die purpurnen Klippen, die kohlenschwarzen Hafenmolen. Er stößt wie ein Falke auf die Segel nieder, zerreißt sie; Fetzen von Segeltuch fliegen im Wirbelsturm davon gleich Tauben. Sein langes, wutverhaltenes Pfeifen, schneidend wie eine Sichel, mäht das Gras der Meereswiesen nieder, auf denen Rudel von Pferden mit Mähnen von Schaum und Gischt tosend zusammen spielen, bis das plötzliche Pfeifen sie im Galopp über das grüne, mit langen weißen, wiehernden Flocken gestreifte Meer scheucht. Der Horizont reißt auf, aus den Gefängnissen Algeriens und Spaniens stürzen in Klumpen die halbnackten Gefangenen heraus, heulend vor Freude. Aus den Flanken der im Sturm zerschellten Segler schießen die Köpfe betrunkener Seeleute hervor, mit rissiger, skorbutgeschwollener Zunge. Scharen wütender Hunde hetzen bellend zwischen den tosenden Wellen die Berge hinauf und die Täler hinab. Auf, alles zum Sturm gegen die Gestade von Livorno und Viareggio! Die zum Trocknen in den Fenstern hängenden Lumpen, die eingeholten Segel der Boote im Hafenbecken knattern wie Fahnen, Staubwolken erheben sich von den Straßen, silbriger Nebel steigt von Strand und Klippen auf, hängt sich über die Stadt, die Vororte, wogt über Wiesen und Felder. Der bittere Geruch des Salzwassers, das Schaben und Quietschen von Bugspriet und Tauwerk dringen bis in die Gefängnisse, die Krankenhäuser, die Klöster. Mensch und Tier, die Gefangenen auf dem Strohsack, die Kranken auf den Bahren, die Mönche in den Zellen, die Verrückten in den Irrenhäusern, die Alten in den Spitälern, die Bauern auf den Feldern, die Holzfäller auf den Berghängen, alle haben den Mund voll von Meer. Der Libeccio, der Libeccio! Die Kinder toben in kugelnden Ballen aus den

Schulen, überall ist Feiertag, alles schreit und läuft. Die ganze Küste ist weiß von Gischt und Schaum. Ein schöner Wind, der Libeccio: aber er ist nicht von hier.

Der Scirocco weht von Elba herüber, von der Isola del Giglio, aus dem Inferno im Meer, ein qualligweicher, schwitzender Wind, ein träger, streunender Hauch, der durch die Straßen bummelt und den faden Dunst von Tabak und Alkohol, von übergegangenem Fisch und Straßenteer hinterläßt. «Fete di formaggio», Käsegestank, nennen die Sizilianer den Scirocco. Ein Wind mit Bauch, faltenwerfend, nur Narben und Fell, mit riesigen behaarten Händen, die dir den Mund stopfen, die Wangen streicheln, die Arme entlanggleiten, den Rücken hinabstreifen, auf deinem Leib bleibt dir eine schweißgetränkte weiche Furche zurück. Durch die Luft schweben kreuz und quer an unsichtbaren Fäden riesige Spinnen. Tote Eidechsen liegen rücklings auf den Mauern, mit weißen geblähten Bäuchen. Alles Kupfergeschirr in den Küchen überzieht sich mit grünem Moder. Der Himmel ist grau und schwer. Schmutzige Wolken mit vergilbten Rändern stoßen gegen das Gemäuer. Trüb ist das Meer, die Wellen spülen alte zerlöcherte Schuhe und tote Fische auf den Strand. Ein häßlicher Wind, der Scirocco: aber er ist nicht von hier.

Aus der Emilia und aus der Romagna springt in eisigen Böen die Tramontana herab: man nennt diesen Wind von jenseits der Berge den Scherenschleifer, denn er schleift die Zypressen und macht sie zu scharfen Messern. Wie ein hochgehender Fluß bringt er den Geruch nach Ginster und Kastanien mit sich, nach lauwarmem Stall, nach Eichenwald, nach dem Qualm getrockneten Mistes in den Kaminen aus hellem Stein. Die blanke Luft bebt und klirrt wie eine Glasscheibe. Der klare Himmel krümmt sich zur Wölbung und zieht sich in die Höhe, die Berge heben sich hell und scharf aus dem blassen glatten Blau, die Bäume werden zerbrechlich und mager, die Straßen werden weißer, das Wasser der Flüsse glitzert und birst gegen die Ufer, Helle tritt in die Häuser, füllt die Flaschen, die Gläser, die Schüsseln mit Blau. Ein schöner Wind, die Tramontana: aber er ist nicht von hier.

Dann gibt es einen weniger gewichtigen Wind, von dem man nicht weiß, wer er ist, wie man ihn nennen soll, manche nennen ihn Briachino, den netten Trunkenbold, andere Pazzarello, den lustigen Irren, aber die meisten nennen ihn Passerotto, den Sperling. Und er hüpft wahrhaftig wie ein Sperling über Felder und Hecken, fährt den braven Hausfrauen liebkosend übers Gesicht, putzt Rindern und Pferden das

Fell, macht die Fensterscheiben blank und die Kupfergefäße auf den Brunnenmauern, macht die Trauben der Weinstöcke zu hellen, fröhlich-flinken Augen, die durch das Laub hindurch dir zuschauen. Ein unscheinbarer kleiner Wind, der den Oliven so guttut, und du weißt nicht, woher er kommt. Manche sagen, er komme aus Umbrien, manche von weiterher, aus den Marken und dem Land da drüben. Aber ich möchte sagen, er kommt aus der Gegend von Perugia, denn er ist sauber, hell und wohlgesittet, ein Wind, der schlank werden läßt und dich schlicht und ordentlich macht; nur wenn er den Verrückten spielt, scheint mir, er komme aus jenem Teil Umbriens, wo die Irren von Gubbio zu Hause sind. Er ist der Wind, den die Leute von Siena lieben, und du siehst ihn auf den Bildern der Sieneser Schule gemalt, du spürst ihn durch die Rede San Bernardinos geistern, du hörst ihn wie munteres Wasser die Marmorfassaden der Kirchen und die Mauern der Klöster quirlend entlangfließen. Er gefällt den Leuten von Siena, wie denen von Arezzo und von Viareggio der Libeccio gefällt, den Bewohnern der Maremmen der Grecale. Wie Dieben, Meineidigen, betrunkenen Matrosen und bösmäuligen Toskanern der Scirocco gefällt.

Und dann gibt es den Wind von hier, den toskanischen Wind von Kopf bis Fuß, den Wind, der keinen Namen hat, und das ist der, der das H und das T zum kehligen Hauchlaut werden läßt, der manches T zu griechischem Theta und das Tschi zum Dschi auf den Lippen der Toskaner aus der Versilia verwandelt, das S zu einem Z auf den Lippen der Toskaner von Pistoia, der den Florentinern das Licht im Munde ausbläst. Wirklich ein Wind, den wir uns selbst gemacht haben, mit unseren Händen, nach unserm Maß, ein hausgemachter Wind wie das Brot der Bauern, und du begegnest ihm in den Kronen der Bäume auf den Bildern Giottos, auf den Stirnen und in den Augen der jungen Leute, die Masaccio malte, in den Städten der Bilder des Piero della Francesca, Leonardos, Filippo Lippis, in den Reimen der Cavalcanti und Guinizelli, in der Prosa Dino Compagnis und Machiavellis, sogar in den Seufzern Petrarcas, wenn auch vom Mistral der Provence getrübt. Es ist der Wind der Pulci, Berni, Cellini, du begegnest ihm bei Dante, bei Boccaccio, bei Sacchetti, bei Láchera, bei Bernocchino; wo er hintrifft, hinterläßt er sein Zeichen, er zerschneidet dir das Gewand auf dem Rücken, ohne daß du es merkst. Wenn er sich kräuselt, wird er zum Volkswitz, aber selten kräuselt er sich, und mehr aus Mißachtung als aus wohlwollendem Spaß. Für gewöhnlich ist er glatt, ohne Tand und Fransen, und wenn er sich aufbläht, tut er es nur, um Brunelleschis Kuppel zu liebkosen, niemals um sich dem runden Mund der Großherzöge, der Mitglieder der Crusca-Akademie und derer anzupassen, die sich flegelhaft oder geziert aufführen, um Toskaner zu scheinen. Ihn einzuatmen, wie es sich gehört, ist nicht leicht, man muß schon in der Toskana geboren sein; sonst wird er dir zum Husten, verknotet dir das Gedärm, oder schlimmer noch, er bläht dir die Wangen auf, was bei uns gar häßlich anzuschauen ist. Er hat einen bitterlichen Bodensatz, wie das echte Öl unseres Landes, wie der echte Chianti, wie die Fische aus dem Arno, wie der Witz, die Ironie, das Lachen, sogar wie die gutmütige gesittete Höflichkeit der wahren Toskaner; als welche witzig, ironisch, lächelnden Mundes, höflich in Haltung und Wort sind, aber als Bodensatz, welche Bitternis! Welch ernstes Zeitgefühl, welch böser, wüstenhafter Sinn für menschlichen Jammer, für die blöde Geringfügigkeit und Glücklosigkeit der Menschen liegt in diesen anscheinend so frohen, so sorglosen Menschenseelen!

Der gesunde Menschenverstand der Toskaner – welch bequeme Ausflucht! Und welch ein erfreulicher Anblick, dies schlanke, hagere, schlaue, Heiterkeit erregende Volk für den, der es nicht kennt oder aus Trägheit oder Vorsicht so tut, als kenne er es nicht! Bei Doni findet sich eine Stelle, wo er über die Florentiner sagt, wenn sie gegen Abend auf den Treppen vor dem Dom sitzen, um die kühlende Frische zu genießen: «Sintemalen dort immer ein kühlender Wind und ein äußerst sanfter Luftzug herrscht und gewöhnlicherweise der leuchtende Marmor die Kühle hält.» Nun, versuche es nur, dich diesem äußerst sanften Luftzug anzuvertrauen. Wenn er dicht über dem Boden weht, läufst du auf ihm wie auf einem gespannten Seil, und wehe wenn dein Fuß strauchelt. Wenn er hoch über die Dächer weht, tut er es absichtlich, damit du den Kopf hebst, und abermals, wenn du strauchelst: augenblicklich stürzen sich Himmel, Wolken, Dächer, Mauern, Türme, Campanili, die ganze Toskana, und alle Toskaner mitsamt, auf dich, werfen dich zu Boden, zertreten dich; und nicht zufrieden, dich gemordet zu haben, erklären sie dich obendrein noch für einen Toren. Mit solchem Wind rate ich dir nicht zu scherzen: weil man nicht weiß, woher er weht. Und mancher sagt, daß er, wie alles Toskanische, von unter der Erde kommt oder, wie die Etrusker glaubten, aus der Hölle.

## 11

*«To mae!» («Deine Mutter!») – Feld-*
*geschrei der Prateser und der Florenti-*
*ner)*

Was haben die Lilien im Wappen Pratos zu suchen, dieser «ingigliata figlia di Fiorenza», der liliengeschmückten Tochter von Florenz, wie Machiavelli die Stadt benennt? (Und Gabriele D'Annunzio prompt als Echo: «Ave, ingigliata figlia di Fiorenza.») Prato, eine Tochter von Florenz? Die Prateser Söhne der Florentiner? «To mae!» sagt man in Prato, um zu den Florentinern «deine Mutter» zu sagen; schlimm ist allein, daß auch die Florentiner «to mae!» zu den Pratesern sagen, so daß man nicht recht weiß, ob die Prateser Söhne der Florentiner oder die Florentiner Söhne der Prateser sind.

Was wir wirklich sind, wäre zu langwierig zu erklären; doch wer weiß nicht, daß die Prateser sämtlich in die Florentiner verliebt sind? Ihre Haut würden sie verschenken, nur um die Art, den Hut zu tragen, die Krawatte zu knoten, zu gehen, zu sprechen, zu lachen, etwas von dem Reichtum an Einfällen und Launen, den kühnen, spöttischen Ausdruck, die Schlagfertigkeit ohnegleichen im Lachen und Reden – so daß du nicht weißt, ob sie dich meinen, und du dich bereits für tot hältst, obgleich du noch nicht einmal verwundet bist –, kurz, um die Eleganz und die schlanke, fröhliche Verrücktheit nachahmen zu können, welche die Florentiner zum seltsamsten, liebenswürdigsten und gefürchtetsten Volk Italiens machen. In Florenz verliebt sind meine Prateser in einem Maße, daß sie ihren Tonfall und ihre Gesten nach-zumachen suchen, und mit einem eifersüchtigen Furor, den ich mir als Kind gar nicht zu erklären vermochte, da mir schien, daß Prato keiner anderen Stadt etwas zu neiden habe, am allerwenigsten Florenz; um so mehr wunderte mich ihre so ganz pratesische Angewohnheit, eigene merkwürdige Einfälle mit einer Phrase zu rechtfertigen, die mir damals einen dunklen, wunderbaren Sinn zu haben schien. «A Firenze si fa così!», in Florenz macht man das so!, sagen meine Prateser auch heute noch laut, sooft sie glauben, ihre eigenen Launen, jedwede ungewöhnliche Geste oder Handlung rechtfertigen zu müssen, die außer der Regel, außer der Tradition jener wohlüberlegten Bedachtsamkeit liegt, deren die Geschichte meiner Heimatstadt sich rühmt.

Ein eifersüchtiger Ehemann verprügelt seine Frau? In Florenz macht man das so. Zwei Droschkenkutscher geraten sich in die Wolle? Ein Mädchen verabreicht einem frechen Lümmel eine Ohrfeige? Zwei Frauen zerren einander an den Haaren? In Florenz macht man das so. Ein Betrunkener schickt sich an, vom Aufgang des Palazzo Pretorio eine Ansprache an die Menge zu halten? In Florenz macht man das so. Die Beamten der Öffentlichen Fürsorge streiten vor aller Augen mit der Barmherzigen Brüderschaft? Ein Lumpensammler wandert ins Gefängnis? Eine Ehefrau betrügt ihren Mann? Und was ist schon Schlimmes dabei? Weißt du nicht, daß man das in Florenz so macht? Bis ich als Junge allmählich zur Überzeugung kam, Florenz sei ein Käfig für Irre, in dem Sonderbarkeiten aller Art zu Hause seien und die Regel bildeten, nicht die Ausnahme. Wo die Leute ihre Zeit, das ist zu wenig gesagt, den besten Teil ihres Lebens damit verbringen, immer neue Verrücktheiten auszusinnen. Eine Stadt der Irren. In der alle Ehemänner sich vergnügten, ihre Frauen durchzuprügeln, in der alle Droschkenkutscher von früh bis spät einander in die Wolle gerieten, wo sämtliche Mädchen sich abmühten, jungen Männern ins Gesicht zu schlagen, alle Frauen, die andern an den Haaren zu zerren, alle Betrunkenen, vom Balkon des Palazzo Vecchio herab Ansprachen zu halten; wo mit einem Wort alle um die Wette tobten, um nie gesehene sonderbare Dinge zu erfinden. Eine außergewöhnliche Stadt, wohin ich träumte eines Tages zu fahren, um die glücklichsten, die unterhaltsamsten, die einfallsreichsten Irren der Welt in ihrer ganzen Glorie bewundern zu können.

Es gab keinen Tag, der mir nicht neuen Grund gegeben hätte, mich von der Verrücktheit der Florentiner weiter zu überzeugen. Wie damals, als ich im Café del Bacchino jemanden, und das war Livi, der Apotheker, mit gekränkter Miene ausrufen hörte: «... und was ist schon Besonderes dabei? Auch Dante Alighieri ist Apotheker gewesen.» Dante Apotheker! Doch Dante war Florentiner, und in Florenz macht man das so. Oder damals, als das Gerücht von jenem Deutschen umging, einem gewissen Strohschneider, der auf einem in der Höhe des vierten Stocks quer über die ganze Piazza Santa Maria Novella gespannten Seil spazierte? Niemand konnte mir ausreden, daß sämtliche Florentiner in Mansardenhöhe auf gespannten Seilen Straßen und Plätze überquerten. Oder jenes andere Mal, als ein riesiger, über zwei Meter hoher Florentiner, der, wenn ich nicht irre, Palazzi hieß, aus irgendwelchen Gründen nach Prato kam und alle behaupteten, er habe der chirurgischen Klinik sein Skelett verkauft und lebe jetzt von den Einkünften aus seinen eigenen Knochen? Mir schien es das natürlichste

Ding der Welt, daß alle Florentiner zu Lebzeiten ihr Skelett den Florentiner Museen verkauften und auf diese Weise anständig von einer Rente lebten. Und die Sonderbarkeiten des Lyrikers Fagioli (d. h. Bohnen)? Alle Florentiner schienen mir Bohnen zu sein.

Und die Eigenheiten der Großherzöge? Jener leicht irren Großherzöge, die des Nachts nicht schliefen, um an den Schabernack zu denken, mit dem sie am nächsten Tage ihre teuren Untertanen vergnügen wollten? Das, ja, das waren würdige Herrscher über Florenz! Wenn ein Großherzog durch die Straßen ging, war alles ein Laufen, ein Schreien, ein Fensteraufreißen, ein Wedeln von Armen und Hüten: «Viva il Granduca!» und der Granduca wandte sich um, zog Grimassen, grüßte nach rechts und nach links, schrie: «Chi la fa l'aspetti!», wer anfängt, wird etwas erleben, und die Menge lachte hellauf, lärmte, klatschte in die Hände, Rudel kleiner Jungen rannten hinter dem Wagen her, klammerten sich ans Verdeck, rissen um die Wette Federn aus dem großherzoglichen Zweispitz, das ganze Volk stellte ihm eine Falle nach der anderen, lockte ihn in den Hinterhalt da und dort, und auf keine Weise konnte der Großherzog wütend werden, noch die Florentiner etwas übelnehmen. Und der letzte Streich, den sie ihrem letzten Großherzog spielten? Es war im Jahre 1859, als sie ihn eines Abends im Palazzo Pitti abholen gingen, um ihn fortzuschicken. Die ärgsten Hitzköpfe wollten die Pferde ausspannen und selbst die Deichsel ziehen. Der Großherzog glaubte, das sei ein Scherz, und lachte, er blinzelte verständnisvoll, ließ sich in den Wagen heben, beugte sich zum Fenster heraus und winkte mit dem Zylinder. Das Volk schrie Evviva, warf ihm Kußhände und Blumen zu, und der Großherzog rief mit einer halb belustigten, halb drohenden Stimme laut aus dem Fenster: «Bravi, bravi! Morgen bin ich an der Reihe, morgen werdet ihr etwas erleben!», und er hielt es für einen Scherz, für einen der üblichen Scherze. «O Granduca», antwortete ihm die Menge in taumelnder Freude, «o Granduca, in Florenz macht man das so.» Und wirklich setzte der Wagen sich in Bewegung, fuhr davon, und der Großherzog ist nie mehr nach Florenz zurückgekehrt.

Bei der Erinnerung an alle diese Geschehnisse fühlten die Prateser vor Neid und Bewunderung das Blut in ihren Adern wallen. Was für eine Stadt, dies Florenz! Das, ja, das war eine Stadt! Nicht wie Prato, wo keinerlei Verrücktheit erlaubt war, die nicht Florentiner Schnitt hatte. Verrückt durfte man sein, aber nicht auf Prateser Weise. Eine kluge Regel, das läßt sich nicht anders sagen. Und indessen vergingen die Tage und die Monate und die Jahre, und ich fühlte mich in meiner

Stadt wie in einem Gefängnis, strebte mit aller Kraft meines Herzens, mich der weisen Vorsicht meiner Prateser zu entziehen, mich zu der wunderbaren Verrücktheit der Florentiner zu flüchten. Eines Tages endlich wurde ich für eine gute Note in der Mathematik mit einer Fahrt nach Florenz belohnt; mich begleitete Bino Binazzi, mein geliebter Mentor, mein armer treuer Binazzi. Vom Fenster des Zuges aus sah ich die Felder, die Häuser, die Berge vorüberziehen und verschwinden, und mir schien, als werde die Landschaft allmählich auf eigenartige Weise leuchtender und tiefer, als ändere sich sogar die Farbe der Luft. Auf der Hauptstraße von Calenzano und Sesto glitten die Barrocci, die zweirädrigen Gespanne, in langer Reihe dahin: mir kam es vor, als seien es nicht mehr die gleichen Kutschierenden wie im Tal des Bisenzio. Der Verputz der Häuser erschien mir glatter, heller, die Reihen der Weinstöcke glitten anmutiger und leichter über die Felder, die durch das Grün blitzenden Glockentürme luden mich ein, die Luft zu durchsegeln, in allem und jedem entdeckte ich etwas Seltsames, nie Gesehenes, nie Geträumtes. Es wäre für mich das natürlichste Ding der Welt gewesen, wenn ich mich bei der Ankunft in Florenz plötzlich inmitten geflügelter Menschen befunden hätte, zwischen Menschen mit grünen Haaren oder mit hundert Armen wie Briareus oder mit nur einem Auge auf der Stirn wie die Zyklopen, so sehr war ich auf Wunderbares gerüstet.

Doch kaum hatten wir den Bahnhof verlassen, sah ich mir Menschen entgegenkommen, die in allem und jedem den Pratesern glichen. Ich will nicht sagen, wie mir zumute war; zum Glück ermunterte mich ihre offene, heftige Sprechweise etwas, ihre Art zu lachen, ihr freier, fröhlicher Tonfall, die breiten Gesten und zugleich die Ironie, die nicht nur von Lippen und Blick, sondern auch von der Stirn, von den Haaren, von den Händen ausging. «Ci siamo», sagte ich bei mir: also doch! Und ich riß die Augen auf, voll Hoffnung, die ausgepichtesten Dinge zu erblicken, bereit, mich an jeder Art von Verrücktheiten und merkwürdigsten Darbietungen zu beteiligen. Und da waren nun die Straßenkehrer und sprengten, die Wein- und Lebensmittelhändler standen unter der Tür ihrer Läden, die Kutscher dösten auf dem Bock ihrer Fahrzeuge vor dem Hotel Baglioni, den Zylinder in den Nacken gerückt, unter fransenbehangenen bunten Sonnenschirmen; da waren die Polizisten, die Zeitungsausrufer, die Passanten, die kleinen Jungen, die auf der Via Panzani zwischen den Beinen der Gäule hindurch einander jagten, und da wurde gerufen, geantwortet, geschrien, gelacht, alle schienen sie mir in einer Komödie voller Witze, gellendem Lachen, bizarrer Bewegungen mitzuspielen, alle schienen sie sich singend und redend auf dem Seil einer unaufhörlichen Ballettmusik zu bewegen.

Nichts Neues noch Wunderbares, mit einem Wort, nichts, was anders war als die Art, wie die Leute in Prato sich bewegen, sprechen und gestikulieren. Ob die Florentiner, fragte ich mich, also doch Kinder der Prateser sind?

Dieser Zweifel beunruhigte mich, und sicherlich merkte das Bino Binazzi; denn in eben diesem Augenblick ergriff er meine Hand und begann auszuschreiten. «Blick dich um», sagte er, «wenn du sehen willst, wie verrückt die Florentiner sind.» Wir bogen rechts in die Via Rondinelli ein, und für mich begann der aufregendste Gang, die überraschendste Reise meines Lebens. Palazzo Strozzi, die Uferkais am Arno, Palazzo Pitti, die Uffizien, Piazza della Signoria, der Bargello, Santa Croce und Kirchen, Paläste, Denkmäler und Straßen, Plätze, Gassen, bis wir plötzlich nach stundenlangem Hin und Her quer durch Florenz, ich weiß nicht, wie, vor Santa Maria del Fiore standen. «Schau», sagte Binazzi. Ich blickte empor, und das Wunder des Doms erschien mir ganz unvermittelt, wie wenn die Kuppel Brunelleschis und der Glockenturm Giottos in eben diesem Augenblick aus der Erde heraufgetaucht wären. Mir war, als sei die große Kuppel noch nicht ganz aufgeblüht und schwanke noch leicht in der blauen Luft. Jetzt begriff ich, welcher Art der Wahnsinn der Florentiner sei. Alle sind sie verrückt in Florenz, aber welch eine Rasse von Verrückten war das nun!

Bino Binazzi schaute mich von der Seite an und lächelte. Dann hob er langsam, ganz langsam die Arme, machte eine feierliche, weite, gerührte Geste, als wolle er den Cupolone, den Campanile, das Baptisterium und San Lorenzo, Santa Croce, Santa Maria Novella, den Palazzo Vecchio umarmen, ganz Florenz mit seinen Statuen, seinen Bildern, seinen Dichtungen, seinen Palästen, seinen Kirchen, ganz Florenz mit allen seinen Verrückten und all seinem Wahnsinn. «Siehst du», sagte er zu mir, «nur in Florenz macht man das so.»

## 12

*Im Sommer, das weiß man,*
*wird den Florentinern heiß.*

Unter allen Statuen in Florenz ist die Statue des Giovanni delle Bande Nere diejenige, die am meisten ein paar Ohrfeigen ins Gesicht verdiente. Schau ihn dir nur an, wie er da gemächlich auf dem Platz vor San Lorenzo sitzt, mit seinem halben Knüppel in der Faust. Ob es regnet oder stürmt, Giovanni ist immer da, mit seinem weichen Lächeln im bärtigen Gesicht. Und was für ein Gigerlbart, lauter kurze Locken, wohlgekämmt und wohlgeglättet; um einen Mund, der aussieht wie der Mund einer gurkenlüsternen Frau. Giovanni rührt und ruckt sich nicht einmal, wenn du ihn mit einer Nadel ins Hinterteil stichst. «Hier sitz ich, und hier sitze ich gut», scheint er zu sagen, «versuch's nur einmal, ob du es fertigbringst, daß ich aufstehe.» Und was will er mit dem Stock in der Hand? Weshalb gebraucht er ihn nicht? Ja doch, weshalb gebraucht er ihn nicht? Man kann nicht behaupten, daß ihm in diesen jüngsten Zeiten Anlaß und Gelegenheit gefehlt haben.

Das war damals eine antike Zeit. Eine Zeit der großen Ideen und der großen Begebenheiten. Man spürte etwas Ungewohntes und zugleich Altvertrautes in der Luft, etwas, das alltäglich und zugleich eigenartig und sehr fern war. Die Florentiner merkten es nicht, gewohnt wie sie waren, diese Luft zu atmen, zwischen diesen Mauern zu spazieren, über diese Plätze und durch diese Straßen, kurz, inmitten von alldem zu leben. Aber die anderen, die von draußen kamen, die auf dem Land und in den kleinen Orten um Florenz wohnten, spitzten die Ohren, sobald sie die Stadt betraten, und hoben die Nase witternd in den Wind. Dienstags und freitags, an den Markttagen, gingen die Bauern, die Verwalter, die Pächter mit argwöhnischer Miene durch die Straßen, als fürchteten sie jeden Augenblick einen Hieb zwischen Kopf und Hals davonzutragen. Die Beherztesten setzten sich den Hut in den Nacken oder auf Sturm, und die erloschene halbe Zigarre im Mund, Hände in der Tasche, stolzierten sie aufrecht inmitten der Straße und blickten hinter staubweißen Lidern starr vor sich hin. Aber das waren wenige, und alle aus der Gegend von Prato und Campi Bisenzio. Die anderen schlichen behutsam längs der Mauern, auf Zehenspitzen, mit gestrecktem Arm, Hut in der Stirn, vornübergebeugt und blinzelnd, mit der Miene eines, der von nichts weiß, nichts sieht, nichts will.

Alle versammelten sie sich zu bestimmter Stunde auf der Piazza della Signoria und vor dem Porcellino; dann, nach dem Essen, trafen sie sich wieder bei San Lorenzo, zwischen den Buden und Ständen der Marktleute, vor den Läden der Trödler, sprachen über Kauf und Verkauf, über Vieh, Getreide, Wein, über Strohflechten, über Geld und über Frauen. Von seinem hohen Sockel herab, breit auf dem Gelärme und Gestikulieren der Menge thronend, schaute Giovanni delle Bande Nere niemandem ins Gesicht, mit unbeweglicher Miene, aufrechten Hauptes, aufwärtsgebogenem Spitzkinn, den überflüssigen Stock in der Hand. Er stellte sich taub, doch entging ihm kein Wort von den Reden der Leute. Und das war keine kluge Vorsicht von ihm, sondern Trägheit, Gleichgültigkeit und Hochmut. Dinge, die sicherlich nicht für Toskaner erfunden wurden. Tun- und Redenlassen ist kein Salat von unseren Feldern. Toskanischer Salat ist das Hör-auf-mich, das Sei-still-du-Tölpel, das Faß-mich-an-die-Nase, wenn du Mut hast, das Hebe-dich-von-hinnen, und das Tun-Sie-mir-den-Gefallen.

Das war eine sehr schöne Zeit damals, für uns, als wir Jungen waren. Eine Zeit der Verliebtheiten, des Ausreißens, des «Guido, ich möchte, daß du und Lapo und ich...» man hing aneinander und verstand sich wie Brüder, und die Tatsache, daß man sich zuweilen in die Rippen schlug, war kein Zeichen von Feindschaft, sondern von Vertraulichkeit. Es waren brüderliche Prügel, Prügel innerhalb der Familie. Lauter brave Jungen, im Grunde; der Krieg hatte uns lediglich Schwielen an den Händen hinterlassen, wir waren voll Nachsicht und voll Duldsamkeit. Unser einziger Fehler war, daß wir nicht ertragen konnten, wenn andere nicht dachten wie wir. Von dem abgesehen, lebte man in Liebe und Eintracht, und schließlich war es kein großes Übel, daß jedesmal wenn man sich traf, die Schwarzen auf der einen und die Weißen auf der anderen Seite – unter den Augen der Bürger, der Greiner, der Durchwachsenen, die uns aus den Fenstern zuschauten –, Hiebe fällig waren. Nicht aus Bösartigkeit, wohlverstanden, sondern aus spielerischem Übermut. Alte Geschichten, Familiengeschichten. Hiebe setzte es, daß die Mauern wackelten, Hiebe auf der Piazza, daß sogar der David Michelangelos unter die Loggia dei Lanzi flüchtete.

Doch auch im Fieber des Parteigeistes blieb ein grausamer Verdacht im Herzen der Florentiner wach: der Verdacht, daß in ganz Florenz der einzige, der Angst vor Prügel hätte, gerade Giovanni delle Bande Nere sei. Schade, daß ein so großer Name, daß ein junger Mann aus so guter Familie sich auf solche Weise ins Gerede bringen ließ! Es war

*Sie sprachen über Kauf und Verkauf . . .*

... über Vieh, Getreide, Wein, über Strohflechten, über Geld und über Frauen. Nun, Zusammensetzung und Reihenfolge der Gesprächsthemen mögen woanders anders sein, die beiden letzteren, Geld und Frauen, dürften aber überall auf der Welt Gegenstand von Männergesprächen sein. Ob das eine oder das andere Thema überwiegt, hängt nur noch vom Ort des Gesprächs ab: im Wirtshaus oder bei einer Wirtschaftskonferenz, auf der Bude oder an der Börse, bei der Hauptversammlung eines e.V. oder einer AG.

Frauen und Geld sind unerschöpfliche, unergründliche Gesprächsthemen; beide sind für den Mann ursächlich verbunden, und sei es nur über die Gedankenkette Frau–Pelzmantel–Geld. So kommt es, daß ein Mann rechtzeitig Geld *für* eine Frau spart, um später nicht *an* ihr sparen zu müssen.

# Pfandbrief und Kommunalobligation

**Meistgekaufte deutsche Wertpapiere - hoher Zinsertrag - bei allen Banken und Sparkassen**

Verbriefte Sicherheit

schon bald ausgemacht, daß dieses bärtige Gesicht, dies verstellte Lächeln, diese hochmütige Miene Verrat brüteten. Wenn wir durch San Lorenzo kamen, schauten die Frechsten von uns zu ihm hinauf, wie um zu sagen: «Warte nur, eines Tages komme ich dir schon!» Es war in der Tat ein nie gehörter Skandal, daß in einer Stadt wie Florenz, wo alle fröhlich und nach den Regeln der Kunst einander vornahmen und für die jeweilige Fahne die Knochen riskierten, er allein, Giovanni, er allein, ein Medici, ganz ruhig und abseits auf seinem Marmorsessel saß, als gehe ihn die Sache nichts an. Dann kam der Sommer, und im Sommer, weiß man, wird es den Florentinern heiß.

Längs des Mugnone verströmten die Holunderhecken ihren starken, berauschenden Duft, die Weinreben beugten sich unter der Last der noch grünen, aber bereits prallen und saftigen Trauben, goldener Überfluß leuchtete auf den Feldern, und die Häuserwände schienen aus festem blutigem Fleisch, auf dem die eintätowierten «Evviva» und «Abasso» blau wie Adern pulsierten. Bis eines Abends das Gerücht aufkam, es habe einen Toten gegeben. Gruppen von jungen Leuten liefen lärmend und stürmend durch die Straßen, fröhlich und heiter, die Hände voller Blasen, so juckte es sie. Mit wem sollten sie anbinden? Sie klopften an die Türen, streckten den Kopf in die Cafés und in die Weinstuben, riefen: «Wer etwas nötig hat, soll herauskommen! Wer noch nicht dran war, soll herauskommen! Wer sucht, was ihm zusteht, soll herauskommen!» Niemand jedoch machte sich auf und kam. Die Gewitztesten waren hinaus in die Gärten und auf die Felder geflüchtet, oder sie verhielten sich still, in den Kellern und unter den Dächern zusammengekauert. Für Florenz klang dieser jugendliche Ruf: «Wer etwas davontragen will, komme heraus!» freudig und voll lustigem Spott, war wie das Echo längst vergangener Stimmen.

Es war bereits Nacht, als ein Umzug vor San Lorenzo ankam und jemand, aufschauend, rief: «Gli è stato lui!», der dort ist's gewesen! Dieses «gli è stato lui» flatterte über den Platz, alle stellten sich auf die Zehenspitzen, um sehen zu können. Giovanni, sitzend, mit kerzengeradem Bart, seinen Knüppel in der Hand, stellte sich taub, er war wirklich wie eine Statue. Eine große Menschenmenge war inzwischen zusammengekommen, alle Facchini vom Mercato Nuovo waren da, die Droschkenkutscher, die Kellnerburschen aus den Cafés und Trattorien und Gruppen von Mädchen in Atlaskleidern, die bei dem Lärm aus den Gassen ringsum herbeigeeilt kamen, mit ihren Papierrosen im Haar. «Er ist's gewesen, gebt's ihm, gebt's ihm, er ist's gewesen!» Die Menschen begriffen anfangs nicht, man hörte von allen Seiten fragen und antworten, wer ist's? Wer ist's gewesen?, haben sie ihn gefunden?, wo ist er?, haben sie den Mörder?, bis der Name des Giovanni delle Bande

Nere und der des Toten sich miteinander vermischten und die Entferntesten zu rufen begannen: «Holt ihn herunter! Gebt's ihm, macht ihm die Birne weich!» und etliche jener Florentiner Ausdrücke hinzufügten, wie «rivogata, ripassata, rinfrescata», die alle dieselbe Sache bezeichnen, und das ist eine heilige Sache. Aber Giovanni, stur und taub, saß auf dem seinigen, und er schien zu sagen: «Mich gehen eure Sachen und Händel nicht das leiseste an, ich sitze auf dem meinen und bleibe hier, und mit diesem Knüppel mache ich, was mir gut scheint, wenn ich ihn nicht gebrauche, so darum nicht, weil ich keine Lust habe, und wenn ihr etwas auszumachen habt, so macht es unter euch aus, ich habe nichts damit zu schaffen und will meine Ruhe.» Derart schien er zu sprechen. Aber den Hitzigsten klangen seine Worte anders in den Ohren, etwa wie: «Versucht nur, mich zu belästigen, und ihr werdet's dann schon sehen, diesen Stock haue ich euch auf den Schädel.» Derartiges und Schlimmeres. Bis schließlich ein junger Mann, hitziger und beherzter als die anderen, am Sockel emporkletterte und sich an den Kugeln des Mediceerwappens festhielt. Als er oben war, sah man, wie er die Hand hob und dem steinernen Gesicht ein paar Ohrfeigen versetzte, die über den ganzen Platz hallten. Alles freute sich und lachte und klatschte in die Hände, es war ein Lärmen, als gelte es einem Triumph.

Doch, war es der Widerschein der Lampen, die im Nachtwind schaukelten, waren es die Schatten der Menschen, die an den Häuserfronten bis zu den Dächern hinaufjagten und -kletterten, war es der unschlüssige Mond, den die ziehenden Wolken bedeckten und enthüllten: es wollte scheinen, als erhebe Giovanni delle Bande Nere seinen Stock. Sicher ist, daß der junge Mann hintenüberfiel, in der Menge verschwand, als habe ihn ein Schlag über den Kopf hinabgestürzt. Es war ein gewaltiger, wilder Aufschrei, zwanzig junge Burschen stürzten als Rächer nach vorn, kletterten den Sockel hinauf und versetzten Giovanni Schlag um Schlag ins Gesicht, auf die Schultern, über den Kopf. Der verteidigte sich, so gut er vermochte, und es war wirklich, als lasse er seinen Knüppel kreisen, als versetze er den Angreifern Tritte und Stöße in den Magen, doch immer im Sitzen, mit einer ruhigen Würde, die in anderen Augenblicken ohne Zweifel allen Lobes wert gewesen wäre. Die anderen unten stachen ihn mit ihren Stöcken in die Basis des Rückens, damit er aufstehen sollte, doch stur blieb er sitzen, die anderen stachen und schlugen, und die Püffe flogen mit fröhlichem Rauschen durch die Luft.

Was all diese Prügel anlangt, so sagten, die sich darauf verstanden, daß es rechte Prügel waren. Und daß sie wohl gezielt wurden. Denn niemand in Florenz, und man kann sagen in ganz Italien, hat das

Recht, am Fenster zu stehen und an den Angelegenheiten der anderen nicht teilzunehmen, oder wie man sagt, keine Fahne zu haben, während die Freiheiten des Volkes in Gefahr sind. Und es war dies eine vorbildliche Abreibung, die rühmlichste, die man je in Florenz erlebte. Wo alle das Recht haben, ihre Schuldigkeit zu tun; nicht nur als Lebende, sondern auch als Tote, ganz besonders, wenn sie aus Marmor sind und ihre Wohnung die Piazza ist.

## 13

*Peretola, Brozzi e Campi*
*è la meglio genía che Cristo stampi.*
*(... das beste Pack, das Christus*
*auf diese Welt gesetzt hat.)*

Seit Jahren war ich nicht mehr nach Campi gekommen, das unter allen Orten der Toskana sicherlich der berühmteste und zugleich der unbekannteste ist. Seit mindestens sechs Jahrhunderten sprechen und lästern alle darüber, aber niemand ist jemals dort gewesen, niemand kommt dorthin. Und dabei liegt es nur wenige Meilen von Florenz, an der Straße nach Prato; wenn die Medici nach Poggio a Caiano zogen, fuhren sie nahe daran vorbei, nicht weiter als einen Armbrustschuß, und wer weiß, wie oft Bianca Capello mit dem Ellbogen daran gestreift ist. Aus den Fenstern von Careggi sah der sterbende Lorenzo fern zwischen dem Grün die Türme des Kastells von Campi. Alle wissen, wo es liegt, aber niemand gerät dorthin. Und doch ist es nur zwei Meilen entfernt von Peretola und von Brozzi: «Peretola, Brozzi e Campi – è la meglio genía che Cristo stampi», das beste Pack, das Christus auf diese Welt gesetzt hat, höhnt ein alter Reim. Aber sagt man das beste oder das schlimmste Pack? Ich sage das beste und bin sicher, mich nicht zu täuschen; so lebendig ist die Zuneigung, die mich mit den Campigianern verbindet, und so groß ist die Achtung, auf die sie Anspruch haben.

Ein seltsamer Ort dies Campi, das einst berühmt war wegen seiner Strohflechterinnen, seiner Droschkenkutscher, seiner Hufschmiede, seiner Tischler, seiner Schafschinken und besonders wegen seiner Hühnerdiebe und dem Ruf von Stolz und Verschlagenheit, der seit Jahrhunderten mit dem Namen der Campigianer verknüpft ist. Es ist selten, daß man bei einem Volk Stolz und Verschlagenheit zusammen antrifft, denn eines schließt das andere aus. Verschlagenheit ist an und für sich eine niedrige Eigenschaft des Charakters, Stolz dagegen hat Würde und Selbstachtung zur Grundlage. Wer aber besitzt mehr Selbstachtung als die Campigianer? Wer ist stolzer und verschlagener zugleich als sie? Wer versteht es besser als sie, ihre persönliche Würde mit List und Verschlagenheit zu verteidigen? Wer vermag, mit einem Wort gesagt, besser als sie stolz und würdevoll zu sein, ohne als dumm zu gelten?

Ein seltsamer Ort dies Campi; obwohl es halbwegs zwischen Prato und Florenz liegt, könnte man meinen, daß es von beiden Städten wenigstens tausend Meilen entfernt sei und eher in den Maremmen als am Bisenzio zu liegen scheint. Maremmenluft empfängt dich, sobald du Peretola passiert hast: eine freie und, fast möchte ich sagen, etwas beklemmende Atmosphäre, die nicht nur in der Farbe der Erde, der Blätter, der Steine, der Mauern, sondern auch im Aussehen der Bewohner liegt, die hochgewachsen und wohlgebaut sind, alle in der guten wie in der schlechten Jahreszeit in weite schwarze oder tabakfarbene Mäntel gehüllt, die Stirn unter einem breitkrempigen, groben Filzhut verborgen. Sie haben kräftige Stimmen, vielleicht nicht weniger ein Zeichen angeborenen herrischen Wesens als berechtigter Selbstachtung. Stimmen jedoch, die, wie es sich gehört, etwas heiser sind, nicht vom Trinken, sondern durch die feuchte Luft der Niederung. Ihre Gesten haben etwas Theatralisches, es sind weitausholende Bewegungen, wie sie Leuten zukommen, die in der Ebene aufgewachsen, im Lenken der Pferde und Zugtiere, in der Handhabung von Peitsche und Stachel erzogen sind, genau wie die Menschen um Cécina, Follonica, Grosseto, den Maremmenstädten.

Doch die Maremmen liegen weitab von der Landschaft um Florenz, sie liegen dort jenseits der Hügel von Siena, der Kreideberge von Volterra, und die Charakterzüge bei den Leuten von Campi erklären sich also nur dadurch, daß Campi mitten im Osmannoro liegt, der großen Ebene zwischen den Apenninen und den Ufern des Arno und Ombrone, die flach ist, von zahllosen Wasserläufen durchzogen und in jedem Frühjahr und jedem Herbst durch das Hochwasser des Bisenzio, des Ombrone und der Marina überschwemmt wird. Einst erstreckte sich das Osmannoro, unkultiviert, öde und verlassen, von Florenz bis Pistoia, heute ist es voller Felder und Weingärten, nur noch teilweise so, wie es vor Zeiten war, als es schlechtweg «il prato», die Wiese, hieß und dem Ort Borgo al Cornio den Namen gab, der erst zu Terra und dann Città di Prato wurde.

Die Luft verströmt einen süßen Geruch nach Schaf. Dies Tier ist die traditionelle Speise der Campigianer wie auch der Maremmenbewohner. Die Sonne prallt an den braunen Erdfurchen zurück, an den grauen Häusermauern, an den Laubkronen der Maulbeerbäume und Weiden, an den langen schneidenden Schilfblättern, an den messerscharfen Zypressen, sie ist eine gelbe Sonne und hat Reflexe gleich den reifen Kürbissen an den staubbedeckten Wänden der Kornschober. Dieser Schafgeruch, diese gelbe Sonne wecken in meinem Herzen glücklich stimmende reuige Wehmut. Es sind Jahre und Jahre, daß ich nicht nach Campi gekommen war, und mir ist, als überschreite ich die Schwelle eines in Zeit und Erinnerung weit zurückliegenden Landes. Ich empfinde, daß ich nach langer Verbannung heimkehre; denn der Toskaner, der nicht durch unmittelbares Interesse gebunden ist, geht in die Verbannung. Hat er an den Dingen teil, dann bringst du ihn nicht von seiner Scholle, von den Ecken seiner Straßen fort, er stirbt, wo er geboren und aufgewachsen ist, dort auf jenen wenigen Handbreit Erde oder Straßenpflaster, in ironischer, grausamer Treue zu den Traditionen seines Blutes, seiner Ackerfurchen und seiner Steine. Ist er an allem unbeteiligt, dann geht der Toskaner außer Land, zieht von Ort zu Ort, und du triffst ihn nicht, wo der Boden fett ist, in der Romagna, in der Emilia, im Po-Tal, in Campanien, sondern wo der Boden mager und geizig ist, wo die Wurzel des Rebstocks das Felsgestein sprengt, wo die kahlen, steinigen Hänge der glühenden Sommerhitze und dem Nordwind Eidechsen, Ölbäume und Zypressen zum Geschenk machen. Ich fühle mich heute mehr denn je als Toskaner, und ich bin Campi dankbar, daß es mir dasselbe Gesicht zeigt wie damals vor vielen Jahren, als ich noch ein Junge war und mit Bino Binazzi und meinen Schulgefährten vom Collegio Cicognini längs des Bisenziodeiches bis zur kleinen Kirche von Confienti, bis Capalle, bis fast zu dieser einem Eselsrücken ähnlichen Brücke kam, die im Schatten der zinnengekrönten Türme des Kastells, wo jetzt die Carabinieri-Kaserne steht, über den Fluß führt.

Der Nachmittag ist bereits müde, der Himmel bläht sich zu gelbbraunen Wolken, und in einem klaffenden Spalt der Berge dort hinter Fiesole zeigt sich bleich und schüchtern ein Stück Mond; es ähnelt den drei Halbmonden auf dem Wappen der Strozzi am Torbalken des Kastells. Ich gehe auf die Brücke hinauf, lehne mich ans Geländer und schaue nach Prato hinüber. Der Bisenzio fließt hier in einem schmalen, tiefen Bett, eingeklemmt zwischen zwei steile, grasbewachsene Deiche, die oben hohes Schilfrohr krönt, und dazwischen dunklere Flecken der Brombeersträucher, zum Trocknen ausgelegte Wäsche und die an ausgestreckten Pfoten gleich Märtyrern am Kreuz auf trapezförmige Bretter genagelten Schaffelle. Ein armseliger, staubiger Fluß. Bergwärts von Prato fließt der Bisenzio, der Santa Lucia-Klause entkommen, breit und frei in seinem weißen, weiten Kiesgrund; doch etliche Meilen weiter, wenn er vom Prateser gerade zum Campigianer werden will, verengt er sich, wird ganz schmal, ringelt sich, windet sich, wird dünn und locker wie ein zerfranstes Seil, dürr und verbogen wie ein Rebenzweig, und zeigt bei jedem Schritt die entfleischten Knochen des Kiesgrundes, die nackten Flanken der Dämme, fast möchte man sagen, er macht sich ganz klein, um den Campigianern nicht aufzufallen. Jenseits der Kirche von Confienti, unter dem Bogen der Brücke von Ca palle, beim Anblick der Türme des Kastells von Campi, stockt ihm vor Schreck das Blut in den Adern, denn schon erkennt er, auf den Dammwegen und auf der Brücke, die Campigianer, die ihm auflauern: die Männer mit dem Zigarrenstummel zwischen den Zähnen, die weiten Mäntel über den Schultern, die breitkrempigen Hüte ins Genick geschoben, die Hände in der Tasche, das Kinn in die Luft gereckt; und die Frauen mit dem Strohgeflecht zwischen den Fingern, die Schlappen unterm Arm, das Wärmbecken zwischen den Knien, unter den Rökken, mit ungebärdigen Haaren und blassem, fanatischem Gesicht. Er erblickt sie von ferne, und mit stockendem Atem, zitternden Beinen beginnt der arme Bisenzio, als wäre nichts geschehen, zwischen den Kieselsteinen umherzuschlendern, sich wie eine Schlange über den Kiesgrund zu schleichen, der mit Papier, Lumpen, enthülsten Flaschen, Schafpfoten und Hammelköpfen übersät ist; es sieht aus, als sei durch sein Bett erst vor kurzem ein geschlagenes Heer gezogen. Er sieht die Menschen und macht sich ganz dünn, ganz unscheinbar und duckt sich, da er wohl weiß, daß er an diesen Augen, an diesen Mündern, an diesen Händen vorbei muß. Nun denn, er wagt es, er schlängelt sich unter die Brücke, ist hindurch, fängt an zu laufen; er flüchtet, stolpert, gleitet, kollert, bei der ersten Biegung fängt er an zu rennen, verschwindet, ehe man es gewahr wird, und eilt ohne Aufenthalt, sich kopfüber in den Arno zu stürzen.

Doch der Bisenzio, mein geliebter Bisenzio, hat heutzutage unrecht. Vorüber sind die Zeiten, da die Campigianer, eifersüchtig auf ihre Dinge bedacht, es nicht mit ansehen konnten, wie der Bisenzio sie wieder verließ, um durch die Besitzungen der anderen zu bummeln, sein eigenes klares Wasser mit der zornigen Strömung des florentinischen Arno zu vermischen, und da sie ihm, mit Steinen und Stöcken bewaffnet, an der Brücke auflauerten, um ihm den Weg abzuschneiden, ihn zurückzujagen, ihn zu zwingen, sich durch die Flucht zu retten, außerhalb seines eigenen Bettes, durch die Gräben und Tümpel des Osmannoro. Er starb, aber in Campi. Tot war er, aber nunmehr Campigianer. Vorüber sind diese Zeiten, wenn auch erst seit kurzem. Ich kann mich ihrer noch entsinnen. Und ich erinnere mich noch daran, wie die Prateser Angst hatten, nachts durch Campi zu kommen. Heute stehen die Campigianer, Männer wie Frauen, auf den Dämmen und auf der Brücke und sehen dem Bisenzio zu, wie er vorüberfließt, mehr aus Tradition als aus bösem Willen, und es ist eine Tradition, die Achtung verdient, die man besser respektiert; wie alle Traditionen, die guten wie die schlechten, aus denen Campis Ruhm besteht.

Ein seltsamer Ruhm, seltsam wie alles an diesen eigenartigen Menschen, die herrisch und widerspenstig, stolz und verschlagen, hand-

greiflich und zugleich wortfreudig sind; nicht jedoch daß sie die klein-
gemünzten Worte liebten, wie sie den Schwätzern gefallen, die glei-
tenden, leichten, sanften, rundlichen, ungezielten Worte, die aus dem
Munde schlüpfen, so feucht sind sie von Speichel, ohne die Lippen zu
verbrauchen; sondern die starken, schweren und festen Worte lieben
sie, jene, die, wo sie vorüberkommen, ihr Zeichen hinterlassen und
wie Gewehrkugeln die Luft durchlöchern. Ein Volk, mit einem Wort,
das man als Beispiel nehmen kann, und nicht nur in der Toskana.
«Campi passa e non bacia», sagt ein bekanntes Florentiner Sprichwort, «Campi geht vorüber und schmust nicht». Es gibt kein größeres
Lob für die Campigianer, mag auch der Ursprung dieses Sprichworts
sich zur Verleumdung eignen. Sie sind gute toskanische Rasse, solche,
die nicht nur so zu tun braucht. Sie sind Toskaner, wie sie Fagioli,
Guadagnoli, Fucini, Collodi und selbst Giusti aus kluger Vorsicht angeblich nicht kennen. Und wie viele Leute gibt es in Italien, und noch
in der Toskana selbst, die sie kennen? Wer weiß denn, daß die echten
Toskaner nicht die Helden der Volkswitze, der Kehrreime, des Ge-
schwätzes, der leichten Anzüglichkeiten sind, sondern die mit kräfti-
ger Stimme, mit knotigen Händen, von hohem Wuchs und breiten
Schultern; um uns recht zu verstehen: die Toskaner Dantes, Masac-
cios, Piero della Francescas, Michelangelos?

Dort stehen sie, kerzengerade auf der Brücke, meine teuren Campigianer. Schaut ihnen nur ins Gesicht: echten Toskanern braucht man
nur ins Gesicht zu schauen, um sie zu erkennen. Alle haben sie gerö-
tete Haut, angesengte Wimpern und Haare, als kehrten sie gerade eben
von einer großen Reise in die Hölle zurück.

## 14

*Diebe stehlen in der Toskana*
*keine Hühner.*

Von allen Helden, mit denen ich seit der ersten Lektüre Plutarchs bis zu meinen jüngsten Erfahrungen nähere Bekanntschaft geschlossen habe, sind mir die Hühnerdiebe vom Bisenzio sicherlich die liebsten; noch heute trauere ich ihnen nach. Sie kamen sämtlich aus einem Ort am Ufer des Flusses, dort wo der Bisenzio sich vom Fuß der Berge entfernt und zwischen dem Schilf der Ebene träge zu werden beginnt. Und wenn ich an jene fernen Helden meiner Kindheit zurückdenke, zittert mir noch das Herz, wie damals, wenn Ferruccio Ciofi – ein hagerer Herkules mit riesigen Händen, der in seiner Freizeit, mehr aus Liebe zu den Pferden als von Beruf, Hufschmied war und in einem tiefen Stall an der Via Palazzolo hauste, zwischen Stapeln von Sätteln, Decken, Zaumzeug, gepreßtem Heu, zwischen den ragenden Deichseln der Kaleschen und Britschkas – lächelnd zu mir sagte: «Heute geht's nach Campi, zu den Hühnerdieben.»

Man brach von Prato frühmorgens auf, aber nicht mit der Dampfstraßenbahn, die ihr Depot an der Piazza delle Carceri hatte, vor dem Kastell Friedrichs von Hohenstaufen; nicht mit der alten Straßenbahn, die mitten in Campi, beim Anblick der Eselsrücken-Brücke, einen Anlauf nahm, schnaufend bergan zog, atemlos stehenblieb, ein Stück zurückfuhr, mit gesenktem Kopf vorwärtsstrebte, wobei alle Mitfahrenden schieben halfen, mit der Stimme und sozusagen mit Fußtritten das Gefährt anfeuerten, bis es schließlich, mühsam zum Scheitelpunkt der Brücke gelangt, einen Augenblick in der Schwebe verharrte und plötzlich nach der anderen Seite hinunterrollte, unter dem fröhlichen Stimmenlärm der Reisenden wie der Leute von Campi, die unter den Türen standen, um das Schauspiel zu genießen. Nein, man fuhr in der Kalesche, und Ferruccio war wie ein echter Engländer, mit hohem Kragen, rotkarierter grauer Jacke, hellen Lederhandschuhen. Von Zeit zu Zeit ließ er die Peitsche knallen, und sein Rappe, der alte Falco, trabte fröhlich in seinem langen Schritt, der ihm in seiner Jugend auf der Septembermesse mehr als einen Sieg bei den Trabrennen am Mercatale eingetragen hatte.

Es war für mich ein großes Fest, diese Fahrt zum Dorf der Hühnerdiebe. Ich träumte nachts von ihnen, diesen großen massigen Männern, die nach Knoblauch, Hammel und Wein stanken, laut sprachen und heftig gestikulierten, Speichelbrocken wie die Kieselsteine in die Luft spuckten und unter ihren schwarzen, schweren Mänteln sicherlich wer weiß was für Geheimnisse, wer weiß wie viele Hühner verborgen hielten. Sie waren für mich die stolzesten und edelsten Männer der Welt. Und es hieß damals in Prato, und nicht nur in Prato, sondern in der gesamten Toskana, daß es keine berühmteren Hühnerdiebe gebe als sie; sie durchstreiften Italien von einem Ende zum andern, staubten alle die Hühnerställe ab, denen sie auf ihrem Wege begegneten, und hin und wieder verhaftete man einige in Apulien, in Sizilien, im Venezianischen. Sie waren in meinen Augen Krieger, die zur Eroberung ferner Reiche auszogen, nicht die üblichen kleinen Dutzenddiebe, die auf den Bänken der Gerichte einander ablösen. Sie waren zu anderen Kämpfen, zu anderem Ruhm geboren; und sie erfüllten auf diese Art, so gut sie konnten, ein Schicksal, das nicht das ihre war.

Sie brachen gegen Abend auf, wenn die Sonne sich bereits hinter dem Mantel des San Jacopino bei Pistoia verbarg; du sahst sie zu Fuß sich entfernen, heimlich, längs der Deiche des Bisenzio, sie stiegen in die Diligencen, die eine halbe Meile außerhalb des Ortes auf sie warteten, es waren die gleichen Diligencen, die ich im Sommer mit Pilgern beladen zur Wallfahrtskirche der Madonna di Boccardirio in den Apennin fahren sah. Sie fuhren unter lautem Schellengeläut ab, wie vordem die Pioniere in den Fernen Westen aufbrachen, die Achäer zur Versammlung der Griechen in Aulis. Sie waren stets etwas traurig zur Stunde des Aufbruchs. So fuhren sie fort, still, verschlossen, auf ihrer Hut, längs der Straßen nach Vernio, Montemurlo, Barberino, Empoli, Figline, Poggibonsi, in Richtung Bologna, in Richtung Pistoia, Perugia, Siena, Pisa, zogen in die vier Winkel der Toskana, in die vier Himmelsrichtungen Italiens. Sie waren traurig, sie sangen nicht, sie lachten nicht, man hörte nur die Stimme des Vetturino auf dem Bock, der mit seinen Pferden sprach. «Da sind die Hühnerdiebe», sprachen die Frauen zueinander, die an dem warmen Sommerabend unter der Haustür saßen und Stroh flochten. Schwärme von Leuchtkäfern folgten dem lichten Schein der Milchstraße über den goldenen Kornfeldern. Bei allen Bewohnern des Bisenziotals, besonders bei den Frauen, bestand eine geheime Sympathie, zärtliches Mitgefühl für die großen kräftigen Männer mit den schwarzen Augen, den roten Lippen, den buschigen, dichten, unruhigen Schnurrbärten, den hohen hellen Stirnen, die zur Eroberung weicher, gefiederter Trophäen aufbrachen. Wir Kinder liefen der Diligence ein langes Stück nach, am Rand der Straße zwischen Gräben und Prellsteinen, mit leichtem Atem; bei der Madonna della Tosse, wo die Steigung endet und die Gäule wieder in Trab fielen, machten wir keuchend halt, standen regungslos, um im Dunkel dem noch dunkleren Schatten nachzuschauen, der in die Nacht entschwand, um der Stimme des Vetturino zu lauschen, die allmählich im Murmeln des Flusses, im Rauschen des Zypressenwaldes an den Hängen des Spazzavento erstarb.

Es war genau dort, bei der Madonna della Tosse, hinter dem Felsen, wo der Stein eingemauert ist zum Gedenken daran, daß Garibaldi im Jahre neunundvierzig auf der Flucht, nach dem Begräbnis seiner Anita, in Mandriole sich als Köhler verkleidet verborgen hatte, um einer Patrouille weißer österreichischer Soldaten zu entgehen. Uns schien es, als sei Garibaldi noch immer dorthinter versteckt, lausche mit gespitztem Ohr auf das Murmeln des Flusses, auf das Rauschen der Zypressen. Uns war, als sei auch er ein Hühnerdieb, ein Held, der ihrer würdig wäre.

Der Abend wurde kühl, ein feiner Wind blies das Tal herab, die Grillen zirpten im Wacholder, und wir standen immer noch dort und starrten ins Dunkel hinaus. Dann machten wir uns ganz langsam auf den Heimweg, mit trauerndem Herzen, als hätten wir einen Bruder begleitet, der in den Krieg zog. Wir gingen durch die Dunkelheit, ohne ein Wort zu sprechen, ich spürte einen Druck in der Kehle, ich hätte wer weiß was gegeben, um bei ihnen in der Diligence sein zu können, auf der Fahrt in unbekannte Länder, zu geheimnisvollen Abenteuern und neuen Gefahren, nächtlichen warmen und eierduftenden Hühnerställen entgegen, verhaltenem Scharren und Krähen, ersticktem Gezeter im Sack.

Sie kehrten zurück, die meisten nach einigen Tagen; im Morgengrauen, mit prallen Säcken auf dem Rücken, schlichen sie sich, vorsichtig umherspähend, in die grauen Elendshütten längs des Flusses. Sofort schlossen sich die Türen und Fenster vor dem fahlen Verdacht der Morgendämmerung. Andere kamen nach drei, nach vier Monaten in ihr Dorf zurück, mit tiefliegenden Augen, schlaffen, gedunsenen Wangen, sie erzählten lachend von Gefängnissen und Aufsehern. Noch andere, doch das waren sehr seltene Fälle, verschwanden, man hörte nichts mehr von ihnen; es hieß, sie seien nach der Haftentlassung ausgewandert, hätten einen neuen Beruf ergriffen, sich niedrigeren Tätigkeiten zugewandt, sie waren aus der Art geschlagen, da es doch kein edleres Gewerbe gab als das eines Hühnerdiebes. Sie blieben lange aus, fünf Jahre, zehn Jahre, dann eines schönen Tages erschienen sie wieder auf der Piazza, mit grauem Haar, wohlgenährt, mit demütigem, bedauerndem Blick, anständig bürgerlich gekleidet. Doch nach drei, vier Tagen sahst du sie wieder mit dem alten breitkrempigen Hut umhergehen, den alten schwarzen Mantelumhang nachlässig über die etwas krummen Schultern geworfen.

Dann war der Krieg gekommen; auch die Hühnerdiebe, wie alle anderen jungen Männer des Ortes, waren in ihren fahnengeschmückten Diligencen singend aufgebrochen; viele hatten sich zu den Bersaglieri gemeldet und sich die Hahnenfedern an den Hut gesteckt, ein vertrautes Emblem. Viele waren draußen geblieben, andere hinkend oder verstümmelt heimgekehrt, die meisten hatten andere Augen, andere Gesichter, eine andere Sprache heimgebracht. Sie schienen nicht mehr dieselben wie einst zu sein. Die Hühner hatten endlich begonnen, ruhig zu schlafen: die braven Jungen, die aus dem Krieg zurückkamen, verspürten kein Bedürfnis mehr, Hühnerställe in der ganzen Toskana zu plündern, es war, als schämten sie sich ihres einstigen Gewerbes. Die Alten schüttelten den Kopf und meinten traurig, daß die Zeiten sich geändert hätten, daß man die Menschen nicht mehr wiedererkenne, daß die Welt zugrunde gehe.

Heute kann man wirklich sagen, daß die Rasse der Hühnerdiebe verschollen ist, eine ausgestorbene Rasse, ein edles Volk, das der Krieg dezimiert und zerstreut, das der Frieden gedemütigt hat. Und ich frage mich, ob es sie jemals gegeben hat, diese Helden meiner Kindheit; vielleicht sind sie nur die Helden einer Sage, eines Kindermärchens, sind nichts als die undeutliche Rückerinnerung an einen kindlichen Traum. Wenn ich mich umschaue, überrascht mich ein seltsamer Geruch in der Luft, eine nie gesehene Farbe des Laubes, des Grases, der Steine, eine neue Stimme im Wind, eine arglose Unschuld in den Blicken und in den Gesichtern. Die schwarzen Mäntel, die breitkrempigen Hüte sind verschwunden; vielleicht hat niemand sie je getragen, sind sie nur eine Erfindung meiner Amme, meiner guten Eugenia, eine Erfindung von Mersíade, von Ferruccio Ciofi und den Hausfrauen des Bisenziotals.

Es ist wirklich wahr, daß die Welt nicht mehr dieselbe ist, wie die Alten sagen. Heute haben die Frauen der Landschaft um Prato nicht mehr das aufrührerische Aussehen, das ungebärdige Haar, den breiten, feurigen Mund. Sie sitzen nicht mehr vor der Tür ihrer Häuser, das Strohgeflecht zwischen den Fingern, sondern sind geschäftig oder gehen mit sicherem Blick, mit ruhigem Schritt durch die Straßen. Sie sind nicht mehr nur «Frauen», wie vordem; heute fällt dir auf, daß die einen Mütter, die anderen Mädchen sind. Sie besitzen eine ruhige Anmut, die sie früher nicht hatten. Die Männer, die ihre Arbeit auf den Feldern, im Laden, in der Werkstatt beendet haben, ruhen sich aus, stehen längs der Wände und sprechen miteinander über Korn, Öl, Wein, Dünger, Waren, Motoren. Sie sprechen nicht mehr von Hühnern, nur von Hühnern. Und die Jungen streiten sich über die Juventus, die Fiorentina, über die Tour, über Coppi und Bartali.

Sie alle sind wie ein anderes Volk. Vielleicht sind sie alle tot, die Campigianer von vor dreißig Jahren. Oder sie sind alle im Gefängnis gelandet und träumen in ihren Zellen von warmen Hühnern, weichen Federn, vom heiseren Krähen der Hähne im nachtdunklen Land. Und viele von denen, die bereits fertige Männer waren, als ich noch ein Junge war, sind jetzt alt und weiß, haben alle eine traurige, resignierte Miene, sehen die Enkelkinder glücklich und zufrieden durch die Straßen scharren, scharren genau wie die Hühner. Doch still, daß niemand mich hört! Scharren ist ein Wort, das man nicht aussprechen darf, ein Wort, das im Herzen weh tut, wie Huhn, Henne, Kapaun, Küken, Hühnerstall, Käfig. Die Tram gibt es nicht mehr, jetzt verkehrt der Autobus zwischen Prato und Florenz. Alle, Männer wie Frauen, fahren auf der Lambretta, in wenigen Minuten sind sie in Florenz, in Empoli, in Prato. Jedes Café, jede Schenke hat ihr Radio, auch der Maresciallo der Carabinieri geht abends seinen Punsch trinken und beim Kartenspiel kibitzen, und wenn er geht, dann sagt er «arrivederci, ragazzi». Orte wechseln ihr Aussehen, wenn die Einwohner den Beruf wechseln; die Atmosphäre von einst, als hier die Hühnerdiebe herrschten, die ruhelose Atmosphäre eines Ortes, der mit gespitzten Ohren lebt, um ein fernes Scharren, einen fernen Gendarmenschritt auszumachen, ist heute verschwunden, alles scheint neu, die Häuser, die Bäume, die Wolken, selbst die Gesichter der Menschen scheinen neu, heller, klarer, offener. Am Morgen des Montag, des Dienstag, des Freitag, wenn die Lastwagen beladen mit Hühnerkästen auf dem Weg nach Florenz oder Prato den Ort durchfahren, schauen die Leute nicht einmal hin. Nur die Alten, die unter der Tür oder auf den Brückengeländern sitzen, verstummen plötzlich und blicken mit unversehens traurigen und düsteren Augen den Lastwagen nach, die sich dröhnend entfernen, mit ihren Käfigen voll warmen Gefieders und hellroter Hahnenkämme.

## 15

*Oh, le belle livornesi,*
*fanno un figlio ogni due mesi.*
*(Oh, ihr Livornos Schöne,*
*alle zwei Monate habt ihr Söhne.)*

Oh, ihr Schönen von Livorno, mit den runden Schultern, den gedrechselten Armen, der Stirn so offen wie ein Fenstergesims. Gerade wie ein Gesims hinaus aufs Meer. Wo hohe Bäume mit weißen Segeln vor Geranienvasen vorüberziehen und blaue Wolken in hellroten Himmel hinübergleiten. Die Häuser scheinen aus Fleisch zu sein, und es ist gerade die Farbe der Mauern mit ihrer rosagrauen, rosagelben, rosagrünen Tünche, was sie zu Häusern aus jungem, festem und glattem Fleisch werden läßt, daran die Meeressonne breitbeinig hingestreckt ausruht. Schöne Scheiben Sonne wie aus reifer Melone an den Fassaden und auf dem Straßenpflaster, und gegen Abend fließt Goldsaft aus den Dachrinnen und Fensterläden, heißer, duftender Most, und berauscht die Schwalben, die nicht mehr mit langem hohem Schrei von Dach zu Dach pfeilen, sondern mit offenen Flügeln wie betrunken dahinbummeln, durch die klingende Luft schwanken und mit dem Kopf gegen die Klümpchen von Türkisblau stoßen, die das Sinken der Sonne an den Dächern schweben läßt.

Es ist heiß. Das Meer schlägt wie ein Fächer gegen die Klippen und die Mole, die Sonnenblumen wenden langsam ihr schwarzes und gelbes Gesicht, blicken mit rundem Auge den Kindern nach, betrachten verwundert die Spiele, die vorübertrabenden Pferde, die zweirädrigen Kutschen vor den Osterien, das Schaukeln der Segler mit ihren runden Flanken im alten Bootshafen, wo das grüne Wasser den Rost der Bastionen widerspiegelt. Die Segelschiffe heben und senken sich im Hintergrund der breiten geraden Straßen, bald stehen sie über den Dächern, bald versinken sie unter dem Gehsteigpflaster. Die Segler schwanken in jeder Gasse, in jedem Laden, in jedem Zimmer, wo blasse, verschwitzte Mädchen in zerwühlten Betten schlafen, im Schatten des endlosen Kiels, der sich hebt und senkt wie ein Busen.

Helle Stimmen springen von Mauer zu Mauer, und einige klingen lange nach, verlöschen allmählich, als hätten sie keine Kraft, den Sprung über den Platz zu wagen, und bleiben schwebend in halber Höhe der Luft. Andere halten das Gleichgewicht oben an den Dachrinnen wie Seiltänzer, es ist, als könnte man sie sehen, die rot, gelb, grün gekleideten Stimmen, bis sie plötzlich schwanken und herabfallen. Die Ausrufe der Fischhändler gleiten längs der Mauern wie lebendige Fische, witschen in dunkle Hausgänge, entzünden schimmerndes Blitzen von Schuppen auf den Fenstergesimsen, an denen Frauen und Mädchen auftauchen. Belle le mie triglie, schön meine Seebarben, meine Tintenfische, meine Céfali, meine Scorfani! Frauen, schaut, wie schön meine Scorfani sind! Schön sind sie, auch sie. Mit ihren breiten, erschreckten Mäulern, den runden Augen voll grausamen Erstaunens. Sie schauen auf das Hin und Her im Hafen, nach den schläfrigen Kutschern auf den Böcken, nach den Kindern und Hunden, die um das Zelt des Eisverkäufers herumtoben, auf dem die Torre di Calafuria, die Vier Mohren, der rauchende Vesuv gemalt zu sehen sind. Ein bleicher, abgezehrter Vesuv, mit zartem Rauch im Maul, wie ein Seufzer. Auch der Vesuv scheint erloschen, in diesem Licht von Livorno, in diesem roten und blauen Sturzbach, der durch die Straßen tost, die Flanken des Montenero wie eine riesige Welle hinaufschwemmt, ins Meer zurückflutet und an den Hängen hellroten Geifer zurückläßt, eine lange grüne Schleppe zarter Blätter, trockener Vorhangstäbe und dünner Grasfäden hinter sich herzieht.

Oh, die Schönen von Livorno, ockerfarben und blau gemalt, mit Lippen lebendigen Fleisches, mit glühroten Wangen, mit dreieckigen Augen unter dem gebogenen Horizont der Brauen. Das Eis, das sie ihren Lippen nähern, schmilzt sofort vor der großen Hitze des lachenden Mundes. Die Haare scheinen zu leben, «weh, sie sind lebendig», schau, wie sie sich bewegen, zu Zöpfen verschlungen, die feucht sind von schwarzem, leuchtendem Dunkel; sie winden sich um den Hals wie Schlangen im Liebesakt, und bisweilen beißt ein Geflecht in die weiße Kehle, ins kurze fleischige Ohr, schlingt sich um die Hand, die sie zurückstreift.

Segelschiffe auf der Reede gleiten vor dem Wind, andere nähern die Schnauze der Mole, riechen an dem mit Johannisbrot, Orangenschalen und Gurken besäten Strand. Die Matrosen an Deck tauchen das Gesicht in Eimer voll Wasser, trocknen sich die zerzausten Köpfe, mit kindlich gewordenen Augen umherschauend. Oh, die Schönen von Livorno, wie sie längs des Meeres spazieren, Arm in Arm, lachend, und da- und dorthin den Kopf wenden, nach der Wellenbewegung der Hüften. Die Inseln im Meer prallen an den Wellen ab, dann und wann nähern sie sich der Küste, weichen flüchtend zurück, es ist, als dürften sie niemals wiederkehren. Die Fischer sitzen auf den Klippen und lassen die Angelrute über das Wasser schwingen, das Meer greift mit den Zähnen nach dem Haken, und beide spielen, wer stärker ziehen kann; plötzlich stürzt der Fischer hintenüber, hebt die lange Angelrute, und das Meer ist über ihm wie ein Ringer, stemmt sich ihm auf Brust und Bauch, dann läßt es von der Beute, springt zurück, und der Mann beugt sich von neuem über die fliehende Welle. In diesem Kampf vergehen Stunden, und das Meer lacht um die Klippen.

Oh, die Schönen von Livorno, wie sie unter den Türen der Häuser und der Läden stehen und sich laut unterhalten, über Männer, Kinder, Schiffe. In der Tiefe ihres Schoßes keimen Bäume und Segel, Wellen, Klippen, schwarze Stürme und weiße Flauten. In ihren Schoß zurück kehren die enttäuschten Seeleute, die müden Segelschiffe, die trägen Wellen, der streunende Wind. Sie kehren zu den Frauen Livornos zurück, die unter der Haustür auf sie warten. Kisten und Körbe von Obst in den kühlen, dunklen Gängen, man hört die Feigen atmen und lachen zwischen den rötlichen Lippen, die Trauben klingeln, die Auberginen aus leuchtendem Stahl über den Boden der Kisten gleiten wie die Spulen in den Webstühlen; die Granatäpfel explodieren mit dem Knirschen junger Zähne, die Pfirsiche rollen in die Körbe mit weichem dumpfem Schlag, der einen dichten Duft nach regennassem Baum in die Luft verbreitet.

Schwärme von Kindern und Hunden jagen sich über die weiten hellen Plätze mit ihren Statuen der Großherzöge, die wie Musenstandbilder aussehen, die Stirn mit Lorbeer gekrönt, in glatte, feierliche Falten von Togen gehüllt, und sich in dem fremden, fernen Tonfall Metastasios und Mozarts unterhalten. Weißer Marmor vor dem Hintergrund eines türkisblauen Himmels, der immer bleicher wird, je weiter die Sonne sich neigt, bis der Todeszug des Erbarmens, mit den schwarzverhüllten Brüdern, auf den Platz mündet. Die qualmenden rosigen und schwarzen Flammen der Fackeln beleuchten im Vorüberziehen die Schilder der Geschäfte und Läden, griechische, türkische, spanische, arabische, jüdische Namen, lodern hoch, versinken im Dunkel. Ein Duft nach Gewürzen, Tabak, Pech, Rum, Stockfisch, Trockentrauben verdichtet sich unter den Laubengängen. Gruppen von Schiffsjungen spielen Schlägel vor der Botte Ritta, dem Steilen Faß, oder schlingen den Pocchio um den rasierten Nacken der Vier Mohren oder toben zwischen den Beinen der sitzend an den Wänden lehnenden Matrosen, die den Fischsuppenduft einziehen, der von der Casa Rossa, von der Casa Verde, der Casa Bianca, dem Roten, dem Grünen, dem Weißen

Haus herüberdringt, und ins Wasser spucken, wo der Himmel sich trübt.

Die Wellen hetzen einander, etwas Jungenhaftes ist in ihren Spielen, sie sind wie die letzten Spiele der Kinder auf den baumbestandenen Plätzen, bevor sie zu Bett gehen. Die Kronen der Bäume trillern, sie schütteln sich, lassen Blätter und Federn fallen. Verspätete Segler gleiten in den schon dunklen Hafen, das Platschen der Wellen gegen den Kiel ist wie das Rauschen eines seidenen Unterrocks, die ganze Stadt ist nach und nach mit dem Rauschen seidener Röcke erfüllt. In den Zimmern im ersten Stock entkleiden die Mädchen sich ganz langsam und bedächtig neben den hohen Betten, lösen sich die starren Büstenhalter, die goldgestickten Gürtel, heben die Arme, unter der Achsel hindurch schauen sie zum Fenster hinaus auf das schwarze Meer unter dem immer klareren Himmel. Die junge lächelnde Nacht mit den um die Schläfen sich windenden Haaren ist wie der Kopf einer Frau am Fenstergesims des Horizontes. Auf dem Bogen der Stirn leuchten einer nach dem anderen die Sterne auf und die grünen und roten Lichter des Hafens. Das Lächeln der jungen Nacht erlischt nach und nach, in der Stadt leuchten plötzlich die Lichter auf, und nur auf dem Meer weit draußen ahnt man den schwachen Schimmer dieses rosigen, nächtlichen Gesichtes.

## 16

*Oh, Livorneser, die immer ihr steht*
*am Ruder, am Steuer, am Segel,*
*soviel Wind durch eure Lungen weht,*
*daß euer Hintern wird zum Flegel.*

Wäre ich Livorneser, einer jener echten, die «deh» statt «oh» sagen und mit offener Hand sprechen, wobei sich die Finger bewegen, wie um erkennen zu lassen, daß in ihren Worten keinerlei Tücke ist, dann möchte ich irgendwo im Stadtviertel der Venezia wohnen. Nicht in einem der Häuser an Straßen und Plätzen, die mit weichem Stift, mit Hilfe von Wasserwaage und Kompaß, von den wohlberechnenden, großzügigen Architekten der Großherzöge angelegt wurden, sondern in dem Stadtviertel, das die Livorneser La Venezia nennen, hier im Herzen der Altstadt, zwei Schritte vom Stadtgefängnis, vom Monte Pio, dem Leihhaus, von den Bottini dell'Olio. Was für ein schönes Leben wäre das, was für ein schlichtes und glückliches Leben!

Nicht so schlicht und einfach jedoch, wie es auf den ersten Blick erscheinen möchte. Und ehe ich meinen Tag begänne, möchte ich mich von der langen Nacht erholen, mich von der großen sanften Mühe erholen, die in Livorno der Schlaf ist.

Morgens, gegen zehn Uhr, würde ich mich auf einen großen Frachtkahn oder auf das Geländer irgendeiner Brücke setzen, natürlich nach Art der Livorneser, die auf ihre Beine stolzer und eifersüchtiger sind als die Florentiner auf ihre Nase. Sie wollen sich bewegen, gehen, laufen, die Welt umwandern; und sie sind wie das Wasser: wenn es stillsteht, versumpft es. Doch im Unterschied zu vielen andern Völkern sind die Livorneser keine stehenden Gewässer, werden sie niemals sumpfig. Solange sie ihre schönen Beine haben, besteht keine Gefahr, daß das Wasser in den Kanälen der Venezia brackig wird.

Schaut sie euch an, wenn sie abends oder morgens kommen, um sich hierher zu setzen: ganz langsam strecken sie die Beine aus, währenddessen streifen sie mit leichter behutsamer Hand über Knie, Waden und Fersen. Dann betrachten sie sich die teerverschmierten Zehen, und du bemerkst, wie sie vor Lust vergehen, die zu betasten; zu probieren, welchen Klang sie geben, wie ein Klavierspieler die Tasten berührt; den knorrigen großen Zeh zu spannen und loszulassen, als wäre es der Hahn einer Flinte. Das ist eine Art, die alle Seeleute der Welt gemein haben, diese einzigartige Rasse, die ihr Leben damit verbringt, Segel aufzuziehen und zu lösen, Tuch zusammenzurollen, Fische zu braten, Netze zu flicken und sich die Füße liebevoll zu streicheln.

Jeden Tag um diese Stunde bevölkern sich die Straßen der Venezia mit Kindern, Hunden, Katzen, die spielend einander jagen, mit Seeleuten, die Karren voll Tauwerk und Pechfässern ziehen und alle zehn Schritte stehenbleiben, sich auf die Deichsel stützen, sich bücken, um einen Fuß in die Hand zu nehmen und dabei mit den auf dem Bug der Frachtkähne kauernden Schiffsjungen Laute, eher als Worte, zu wechseln.

«Il mare è senza lische – e ci puoi camminà», das Meer ist ohne Gräten, und du kannst darauf gehen. Es ist eine Frau, die so singt, sie steht am Fenster eines gelben Hauses im Viale Caprera. Das ist eine breite Allee, die einzige in der Welt, auf der es keinen Baum gibt. Eher scheint sie ein Platz, ein endloser Hof zu sein. Die hohen Häuser mit den blondfarben verputzten Fassaden, an denen Rosa und Grün ineinander verlaufen, glänzen mit goldenen und kupfergrünen Reflexen in der Sonne wie das Wasser in den Kanälen mit seinen Ölflecken. Die Rolläden haben die Farbe trockenen Laubes, sind blaß und verstaubt. Ein Hauch von etwas müdem Adel, von volkstümlicher Freiheit liegt in der offenen und glatten Bauweise dieser Häuser, der schönsten am ganzen Mittelmeer. Du siehst Kinder und Mädchen mit zerzausten Haaren in den Fenstern, hörst Gelächter und Stimmen, alte Grammophone krächzen aus der Mode gekommene Lieder, und die Töne, die Worte, das Klirren von Geschirr schaukeln am Trapez der Fenstergesimse und enthüllen dir das Auf und Ab der Vorgänge in den Küchen, in den Schlafzimmern mit den zum Lüften ausgelegten Betten.

Die ganze echte Bevölkerung Livornos befindet sich hier, in diesen Häusern, in diesen Straßen, um auf seine Leichter und Prähme, auf seine Lager, auf seine Fässerstapel, auf seinen Geruch nach Teer und gebackenem Fisch achtzugeben. Dort drüben ist das Büro der Bottini dell'Olio, in dem Haus mit der verblichen goldenen Fassade, wo der große Gedenkstein für Cosimo III. feierliche Töne antiker Rhetorik anschlägt, «ne quid in hoc Mediterranei emporio...» Eben hier, um die «publica olei receptacula», drängt sich das alte, wahre, unverfälschte Livorno. An der Mauer steht mit Kohle geschrieben: «Viva l'Italia!

Viva Livorno! Viva noi!» Wie echt livornesisch ist dieses «Viva noi!», dieses «Hoch wir!», welch gelassene Sicherheit in diesem Aufschrei des Herzens, welch historische Wahrheit liegt in diesem Spruch! Ein glückliches, ein auf natürliche Weise glückliches Volk. Dem die Gesetze kein Dunkel und keine Verlegenheit bereiten, dem die väterliche Fürsorge der Großherzöge samt dem mozartischen Stil ihrer Politik keine Last bedeutet. Am Tor des Waisenhauses befindet sich noch die vom Großherzog Francesco stammende Gedenktafel: «Publicae felicitatis propagator.» Ein trefflicher Ehrgeiz wahrhaftig, Förderer des öffentlichen Glückes zu sein. Welch edle Sorte von Totengräbern! Doch ich glaube, daß Livorno stets die glücklichste Stadt der Toskana gewesen ist, den Großherzögen gerade zum Trotz, von denen man nicht genau weiß, ob sie bei diesem Glück des Volkes mehr Stolz oder mehr Argwohn empfanden.

Die Venezia ist das Herz dieses Livorneser Glückes. Wenige Schritte von hier liegen die Cárceri, das Stadtgefängnis, mit den vergitterten Fenstern, den weißen Mauern, den Frauen und Kindern, die in Gruppen vor der Tür auf Einlaß warten, als gingen sie irgendwelche erkrankten Verwandten zu besuchen. Nebenan steht die schöne Kirche an der Piazza Giordano Bruno und in einer Ecke des Platzes der leere Sockel des Denkmals für den Autor des «Candelaio»; unwillkürlich muß man denken, daß Giordano Bruno einen kleinen Spaziergang hinab zum Scalo del Vescovado unternommen hat, um sich mit den auf dem Geländer der Marmorbrücke sitzenden Mädchen zu unterhalten, oder in die Via delle Acciughe, die Sardellenstraße, in der einen stets Durst befällt, oder in die Via della Venezia, um in der Bar Transatlantico, einer alten dumpfen Osteria, einen «Torpedino» zu trinken. Liebe Venezia, ohne Lagunen, ohne Gondeln, ohne «Zendadi», ein Venedig, in dem die Calli, die Gassen, Scalo della Barchetta, Scalo del Refugio heißen, Scalo del Monte Pio, Scalo del Pesce, Scalo degli Isolotti, Scalo delle Ancore.

Die Luft scheint tätowiert zu sein: Schwalben schießen schrillend von Dach zu Dach, Sonnenstrahlen kreuzen sich mit den von Fenster zu Fenster gespannten Drähten, an denen die Wäsche zum Trocknen flattert. Kreischen, Lachen, Kinderweinen, Hundebellen und das Plätschern des Wassers, das Knarren der Frachtkähne, die im Seewind hin und her schlagenden Fensterläden, all diese Geräusche und Laute graben sich in den Himmel ein wie Tätowierungen. Wenn du aufschaust, siehst du Mohrenköpfe, Anker, Öltonnen, Sardellenfässer, Segel, großherzogliche Perücken, Tonpfeifen, schwankende Bootskiele auf der Flut,

Inseln, die in grünen Wolken vergehen, in die durchsichtige Luft gezeichnet. Es ist schon Essenszeit, die Lager sind geschlossen, die Türen sind geschlossen, die Fenster sind geschlossen. Und jetzt, nach dem frugalen Mahl, kommen die Seeleute und setzen sich hier, einen kurzen Schlaf zu halten, sie gehen barfuß, schaukeln auf den enormen gespreizten großen Zehen, und du weißt nicht recht, ob sie über die Straße oder das Meer gekommen sind. Sie setzen sich und betrachten dabei liebevoll ihre schönen glatten und kräftigen Beine. Ein Fenster öffnet sich, ein Mädchen schaut heraus und stößt einen Schrei aus. Bei diesem Schrei werden hundert Fenster zugleich aufgerissen, hundert Mädchen zeigen sich in ihnen, die Ellbogen aufs Fensterbrett gestützt, und es ist, als müsse jeden Augenblick hinter den Kulissen der Häuser Musik anheben. Selbst das Licht, das vom Gold des Verputzes an dem brennenden Rot jenes Hauses dort drüben am Scalo del Vescovado zurückprallt, schlägt auf das Grün der Fensterläden und bringt zarte, langgedehnte Töne zum Klingen.

Dann werden die Fenster mit einem Male leer, ein großes Schweigen setzt ein, die Siesta beginnt, und als ich mich zum Scalo delle Ancore hinüberwende, lese ich an der Front eines goldfarbenen kleinen Hauses mit niedrigen eisenvergitterten Fenstern – eine Mauer ist davor, und in der Mauer ein Gitter, also ist es wohl ein Kloster, ein Gefängnis, ein Lagerschuppen – in riesigen, blanken schwarzen Buchstaben, an denen nichts verlaufen ist, die Aufschrift: Pane Quotidiano, Tägliches Brot. Ist das ein Ladenschild? Oder vielleicht der Name eines kirchlichen Wohltätigkeitsinstituts? Ich wundere mich nicht über diesen Spruch, der viel eher ein sittliches Gebot als ein Gebet ist. Denn dies ist das Gesetz der Venezia Livornos, in der alle glücklich sind, ein Wohnviertel der Seeleute, die durch die Welt ziehen, um sich ihr tägliches Brot auf ihrem täglichen Meer zu verdienen.

## 17

*Die Toskaner sind das schlechte*
*Gewissen Italiens.*

Wenn ich ein Porträt der Toskaner zu entwerfen hätte, würde ich sie mit mageren Farben malen, nicht mit verblichenen, sondern mit mageren Farben. Vielleicht würde ich sie nicht in Öl malen, wenn auch das Öl der Toskana gut ist; viel eher würde ich eine Kaltnadelradierung machen.

Das Oval des Gesichtes würde ich mit einer einzigen Linie umreißen, von den Schläfen bis zur Kinnspitze, ohne jede Unsicherheit, ohne ein Verbessern und Verwischen. In der Art der Giotto, Masaccio und Sandro Botticelli. Und nicht in der Art Michelangelos, der die Florentiner darstellte, als wären sie Römer aus dem Trastévere, der die Gesichter aufblähte, ihnen mit dicken Bohnen und Maisstroh die Backen stopfte, die Stirn, die Brauen, die Lippen heraustrieb, die Augen rund und vorspringend, die Nase kräftig, muskulös, die Kieferknochen hart, das Kinn barock machte, die Haare durch irgendwelchen jähzornigen Wind zerzaust, vielleicht den Scirocco, der ein gelber, schwitzender Wind ist und, wie sie in Orbetello mit einem sizialianischen Tonfall sagen, «die Luft dunkel und nach Käse stinkend macht».
Die Lippen würde ich dünn machen, wie es die Florentiner Maler tun, schmal und gepreßt. Die Augen still, etwas schräg, in der Art, wie sie die Etrusker hatten, die seitlich blicken, ohne den Hals zu wenden; denn die Toskaner sind das einzige Volk der Welt, das geradeaus schaut, wenn es zur Seite blickt, und zur Seite schaut, ohne schräg zu blicken. Die Stirn würde ich hoch und steil machen, das Kinn gespitzt, scharf und glatt zugleich, als Zeichen von verachtender Boshaftigkeit. Die Handgelenke dünn, die Hände knochig, mit langen Fingern. Den Bauch flach, die Taille hoch und schlank, die Beine wohlgedrechselt, so daß das Knie weitab von den Fesseln ist. Die Brust breit, ohne pralle Muskeln, und ebenso die Arme, lang und hager, rund an den Schultern, mit spitzen Ellbogen: denn in der Toskana dienen die Ellbogen nicht wie anderwärts dazu, sich zu bekreuzigen, sondern dazu, Ellbogenstöße auszuteilen. Und die Ohren würde ich klein machen, ganz dünn und fein, mehr wie Blätter als wie Muscheln; wie es Leuten zukommt, die mit dem Gehirn auffassen, nicht mit den Ohren, oder, wie Sacchetti

sagen würde, «col cerbacone», dem «geheimnisvollen Buch», aus dem er abschrieb.

Denn die Toskaner gehören nicht zur Rasse jener, die der Geschichte ein rundes, fettes Gesäß zukehren und zu verstehen geben möchten, daß sie selbst die Geschichte machen. Es mag schon sein, daß sie sie machen, doch mit dem Gesäß. Was die herkömmliche und bequemste italienische Art ist, Geschichte zu machen, eine äußerst kluge Art, möchte ich sagen. Doch wenn alle Italiener, wie die Toskaner, schmale Hinterbacken hätten, was bedeutet, daß sie niemandem trauen, nicht einmal den Freunden, dann könnten sie ohne Furcht der Geschichte das Gesäß zuwenden und würden sich so nicht den großen Gefahren aussetzen, denen wir alle, durch ihre Schuld, immer wieder ausgesetzt sind.

Oh, ihr wohlgenährten Italiener, die ihr euch gegenseitig zu umarmen und alles leicht zu nehmen und alles rosig zu sehen pflegt und die ihr alles für Heldentum ausgebt und euch für tugendsam haltet und den Mund voll schlecht gekauter Freiheit habt und die ihr alle auf ein und dieselbe Weise denkt, stets und immer, und gar nicht bemerkt, daß ihr geschorene Schafe seid; oh, ihr Italiener, die ihr die Wahrheit nicht liebt und Angst vor ihr habt; die ihr um Gerechtigkeit jammert und dabei nur von Vorrechten träumt, andere nur um Mißbrauch und Gewalttätigkeit beneidet und nur eines begehrt: Herren zu sein, da ihr nicht versteht, freie und gerechte Menschen zu sein, sondern nur Sklaven oder Herren; oh, ihr armen Italiener, die ihr Knechte nicht nur derer seid, die euch kommandieren, sondern auch derer, die euch dienen, und eurer selbst; die ihr keine Gelegenheit versäumt, euch als Helden und als Märtyrer der Freiheit zu gebärden, und die ihr geduldig und fügsam euren Nacken dem Dünkel, der herrischen Gewalt, der Gemeinheit eurer tausend Herren beugt: lernt endlich von den Toskanern, allen, die euch kränken und bedrücken, ins Gesicht zu lachen, sie mit Witz, mit wohlerzogener Verachtung, mit offener, fröhlicher Unverschämtheit zu demütigen. Lernt von den Toskanern, euch Achtung zu verschaffen, ohne Furcht vor dem Gesetz noch vor den Schergen und Spitzeln, die in Italien die Stelle des Gesetzes vertreten und stärker als das Gesetz sind. Lernt von den Toskanern, daß man den Mächtigen, den Königen, den Kaisern, den Bischöfen, den Inquisitoren, den Richtern, den Tyrannencliquen, den Höflingen aller Art in den Mund spuckt, wie man es in der Toskana immer getan hat und heute noch tut. Lernt von den Toskanern, daß «ein Mensch im Maule eines anderen nie gesehen ward», daß «ein Mensch soviel wert ist wie ein anderer, und auch weniger». Lernt von den Toskanern, daß es nichts heilig Unantastbares in dieser Welt gibt außer dem Menschlichen und daß die Seele eines jeden Menschen gleich ist der jedes anderen; und daß man nur sie sich sauberhalten muß und im Trockenen aufbewahren, so daß sie nicht verstaubt und feucht wird, wie es die Toskaner verstehen, die auf ihre Seele eifersüchtig bedacht sind, und wehe dem, der sie ihnen beschmutzen wollte oder demütigen oder salben, segnen, pfänden, mieten, kaufen; und daß es weibliche Seelen und männliche Seelen gibt und daß die Seelen der Toskaner männlich sind, wie man an jenen erkennt, die den Toten im Camposanto von Pisa aus dem Munde entfliehen, dem einzigen Camposanto, den es in der Welt gibt, alle anderen sind Friedhöfe. Lernt von den Toskanern, den Haß der Leute nicht zu fürchten, noch den Neid, die Mißgunst, den Hochmut, und nicht einmal die Liebe zu fürchten. Lernt, Schlechtigkeit mit Fußtritten zu beantworten, Verdächtigung mit Bissen in die Kehle, Küsse auf die Wangen mit Krallen in die Augen.

Lernt von den Toskanern, wie man das Böse, das über einen geredet wird, als Ehre zu schätzen weiß. Alle sprechen sie schlecht über uns Toskaner, und sie mögen uns nicht und halten uns abseits, nur weil wir, und das mit Recht, grausam und parteiisch, zynisch und ironisch sind; weil wir heißes Blut und kühlen Kopf haben; weil wir eigens und einzig dazu geboren sind, das zu sagen, was die andern gesagt haben möchten; weil wir unsere schlechten Taten nicht bereuen, um nicht auch die guten bereuen zu müssen; weil wir es genießen, die Geschwüre, Verwachsungen, Beulen, krummen Knochen, schiefen Augen bloßzulegen, und nicht so sehr die der anderen, sondern unsere eigenen; weil wir die einzigen in Italien sind, die selbst mitten im Gewühl, im Aufruhr, im Streit, im Totschlag niemals den Kopf verlieren, die einzigen, die sich kühl erhitzen und die zu bestimmter Zeit nicht aus dem Grunde töten, weil wir nicht anders können oder es gern tun, sondern deswegen, weil es an der Zeit ist, Schluß zu machen und zu Tisch zu gehen; weil wir blaß sind und niemanden um Verzeihung bitten und rascher die Wohltaten als die Kränkungen vergessen und niemandem verzeihen, der keine Angst vor uns hat.

Und vor allem, weil wir Toskaner das schlechte Gewissen Italiens sind.

Und was ich hier behaupte, daß wir das böse Gewissen Italiens seien, ist keine Beleidigung, sondern ein Lob der Toskaner. Weil ein jeder Mensch, wie auch ein jedes Volk, das nicht in seinem Schmerz einschlafen will und in der Rhetorik ersticken, jemanden braucht, der ihm ins Gesicht sagt, was ihm gebührt, was alle von ihm denken und niemand ihm zu sagen wagt, höchstens hinter dem Rücken und mit leiser Stimme. Was einen Menschen oder ein Volk rettet, ist sein schlechtes Gewissen und nicht sein ruhiges Gewissen: und dies gilt besonders in Italien, wo die Geschichte nur als ein Lobgesang verstanden wird und wo alles, auch Verrat, Flucht und Niedertracht zum Stoff für Lob und Triumph wird.

Es ist nicht unsere Schuld, Italiener, sondern unser Verdienst, wenn das schlechte Gewissen euch nicht schlafen läßt, wenn ihr euch die ganze Nacht im Bett hin und her wälzen und verzweifeln müßt; es ist nicht unsere Schuld, sondern unser Verdienst, wenn ihr Furcht vor der Hölle habt.

Das einzige unter allen, italienischen wie fremden, Völkern, das keine Angst vor der Hölle hat, das einzige, das zur Hölle dauernde und vertraute Beziehungen unterhält, sind die Toskaner. Welche seit unvordenklichen Zeiten immer in jenes Land gereist sind und es heute noch bereisen, als bewegten sie sich im eigenen Haus. Sie gehen und kommen aus der Hölle, wann es ihnen gefällt, und auf die einfachste Weise: zu Fuß, im Pferdewagen, zu Rad, so als machten sie eine Rundfahrt durch ein Landgut. Und eben diese ihre Reisen und Fahrten – man glaube nicht, daß Dante der erste und einzige gewesen sei, lebend in die Hölle hinabzusteigen und lebend zurückzukehren – bestätigen ihnen täglich aufs neue die uralte Überlieferung, daß die Welt des Jenseits genauso beschaffen ist wie die Toskana, daß Landschaft, Sitten und Bräuche und Stimmungen ungefähr die gleichen sind und daß die Dinge drüben so sind wie die Dinge hier. So daß, wenn eine Reise in die Hölle wie eine Reise in die Toskana ist, auch das Gegenteil zutrifft. Nicht umsonst nennen sie die Hölle einfach «quel paese», jenen Ort, als handelte es sich um Peretola, um Campi, um Altopascio oder um das Mugello, das Chianti, das Chiana-Tal. Und in jenen Ort zu fahren oder die anderen hinzuschicken, ist für die Toskaner Sache eines jeden beliebigen Augenblicks und sehr leicht; sie sind die einzigen, die den Weg wissen, und die einzigen, die ihn anderen beschreiben können.

Welch ein schönes Land, das Inferno, die Hölle! Und wirklich, wenn jemand es sich vorstellen wollte, wie es ist, so könnte er es sich nicht anders vorstellen als die Toskana, mit der nämlichen Luft, denselben Bäumen, denselben Feldern, denselben Häusern, denselben Städten; und mit denselben Menschen. Alles mager, aufrecht, bestimmt, alles klar, alles in Ordnung. Und die Leute sind dort genauso wie in der Toskana, witzig, ironisch, bizarr, streitsüchtig und schadenfroh, das heißt auf Schabernack aus, «gavazziero», wie Sacchetti den Richter in seiner Novelle Ribi sagen läßt: «questi toschi ci son tutti gavazzieri», diese Tuskier sind alle schadenfroh.

Die ideale Heimat eines jeden Toskaners ist nicht das Paradies, sondern die Hölle; dort allein fühlt man sich wie zu Hause, zwischen Leuten wie man selbst, unter seinesgleichen, nur dort kann man schadenfroh sein nach Belieben und über alles lachen, über alles und alle spotten, besonders über den Ruhm der Welt: nicht über den der anderen Welt, worauf man weiß einen Anspruch zu haben, kraft Natur und Bürgerrecht. Denn er lacht über alles und über jeden, bald anzüglich, bald boshaft, stets ohne Nachsicht; grausam ungebärdig ist sein Scherz, wild sind seine Streiche; fein gesponnen, geduldig zwischen vier Wänden, sind seine Listen; doch seine Verrücktheiten haben zum Schauplatz die Piazza, denn all seine Leidenschaften sind öffentlich, ich meine, sie sind ein Ding in der Öffentlichkeit. Und doch gibt es kein verschwiegeneres Volk auf der Erde.

Er weint niemals. Ich behaupte, daß der Toskaner niemals weint. Nicht einmal aus Wut. Wenn Zorn ihn blendet, schließt er die Augen, um besser zu sehen. Er hat nicht, wie die anderen Völker, Zeit zu verlieren; aber er kann warten. Seine Gewalttätigkeit ist kalt, er stößt zu mit bleicher, eiskalter Hand. Aber er stirbt schreiend und fluchend oder mit gräßlichem Lachen. Er gehört nicht zu denen, die lautlos sterben. Der Geruch des toten Feindes berauscht ihn; und doch enttäuscht ihn der Triumph, bringt ihn zum Lachen. Man weiß nicht, ob er über den toten Feind lacht oder über sich als Lebenden oder über die lebenden anderen. Denn sein Lachen ist selten ein Zeichen frohen und heiteren Herzens; öfter ein Zeichen von Haß, Schmerz und Verzweiflung. Trotzdem kann er witzig sein wie wenige andere: obgleich sein Witz nicht wie der vieler sonstiger Italiener, zum Beispiel der Veneter, fein und leicht ist, ein Spiel an der Oberfläche der Haut: was den Venetern sehr leichtfällt, da sie viel Haut haben. Doch für die Toskaner ist es sehr schwer, denn sie sind mager und von knapper Haut, so knapp, daß sie ständig Angst haben, ein Stück Fleisch könne herausspitzen.

Dieses ihr Laster, einander die Haut zu ritzen, entstammt nicht so sehr der Tatsache, daß sie mit der eigenen Haut geizig sind, sondern der anderen, daß sie sehr gierig nach fremder Haut sind. Doch auch von dem viel besungenen Geiz der Toskaner muß man gerecht sprechen: sie sind das einzige Volk der Welt, das, wenn es stirbt, sein Geld mit sich in die Hölle nimmt; und es ist deshalb vernünftig, wenn sie als Lebende darauf Bedacht nehmen. In der Toskana kommt jedes Geld gelegen; und sicher wird es auch in der Hölle so sein, die der Spiegel der Toskana ist.

Schon in der Antike glaubten die Leute, durch dies dauernde Hin und Her zwischen der Toskana und der Hölle mißtrauisch geworden, daß die Toskaner ein höllisches Volk seien. Tatsächlich war es ein Gott in Kindergestalt, zwischen den Beinen eines sein Feld pflügenden Bauern aus der Erde gesprossen – eine Art steinaltes Kind mit zarter roter Haut, ganz Runzeln und Krausen –, der den ersten Toskanern die Geheimnisse des Lebens und des Todes enthüllte. Doch die höllische Natur der Toskaner zeigt sich nicht nur in den etruskischen Nekropolen noch in jenen religiösen, moralischen und rechtlichen Vorschriften, die in den Sacra Acherunta, ihrem Alten Testament, gesammelt sind, noch in ihrer Literatur, angefangen von Dantes großem Buch, noch in ihrer Kunst: sondern in ihrem Alltagsleben, in ihrer Weisheit und in ihren Verrücktheiten, und am meisten in ihrer Tugend, in die Dinge hineinschauen zu können, ins Innere der Dinge, ich meine, in die Hölle der Dinge.

Ein sehr seltsames Volk, das toskanische; unruhig und beunruhigend, denn seine Weisheit ist mehr dort als hier zu Hause, ist eine Kenntnis der verbotenen Dinge, ein Durchdenken des überirdischen Lebens, ein dauerndes Verachten der Dinge dieser Welt, die es gleichwohl zu genießen weiß wie wenige andere. Habt ihr jemals einen Toskaner getroffen, der mit sich und seinem Nächsten zufrieden ist, der nicht schlecht von sich und den anderen denkt, der nicht hinter jedem Gedanken und hinter jeder Empfindung einen versteckten Gedanken, eine verborgene Empfindung sucht? Der sich im Guten nur mit dem Guten und im Bösen nur mit dem Bösen zufriedengibt? Habt ihr je einen Toskaner kennengelernt, der sich mit der irdischen Natur begnügt, der glücklich ist mit den Bäumen, mit den Steinen, dem Wasser, dem Gras, den Wolken, den Tieren? Habt ihr jemals einen Toskaner getroffen, der sich mit dem Anblick, den Erscheinungsformen der Dinge, sozusagen mit ihrem Gesicht, ihrem scheinbaren Sinn zufriedengibt und nicht in ihnen ihr Spektrum, ihr Gespenst sucht und sieht, das was sich innerhalb der Dinge, im Inferno der wahrnehmbaren Dinge, verbirgt? Die Toskaner glauben nur an die Realität, besonders an jene Realität, die sehr viel wahrer und realer ist als die physische, an das

Gespenst der Realität; das ganze irdische Leben ist nur das Gespenst des höllischen, die Erde ist bevölkert mit Gespenstern von Bäumen, von Bergen, von Menschen, von Tieren, und die Toskaner allein haben Augen, sie zu sehen. Habt ihr jemals einen Toskaner gesehen, der nicht jeden Gedanken, jede Empfindung, jede Idee der Natur körperhaft, anfaßbar macht? Einen Toskaner, der nicht fähig ist, die Welt, die ganze Welt in die Grenzen eines Verses, eines Stückchens Leinwand, eines Marmorblocks, in einen Bau, in eine Gliederung von Ziegeln und Stein zu bannen? Habt ihr jemals einen Toskaner getroffen, der die unterirdischen, geheimen Beziehungen nicht kennt, die die Elemente, die Dinge, die Geschehnisse lenken und die Wesen zwischen ihnen?

Freude oder Trauer, alles ist Anlaß zur Freiheit für die Toskaner; denn sowohl ihre Fröhlichkeit wie ihre Traurigkeit, wenn es geschieht, daß sie froh oder traurig sind, haben lediglich zufällige Beziehungen zum irdischen Leben und sind tief verschieden von der Freude und der Trauer der anderen Italiener, besonders der Italiener, die südlich des Tiber leben und bei denen Freude und Trauer sich stets auf irdische Dinge beziehen, als ein dauerndes Überdenken der Übel und der Güter des Lebens, dieses Lebens, der Liebe, des Hungers, des Todes, und immer ein Anlaß zur Knechtschaft sind. Sogar der Gedanke der Liebe ist bei ihnen dem Gedanken des Todes unterworfen, der sie grausam jede Stunde bedrückt, so daß Liebe bei ihnen fast sinnliches Gefallen an Wesen in Auflösung, an Körpern, die sich zersetzen, an toten Dingen und an Klagen, an Tränen, an Jammer ist. Man könnte sagen, die Völker jenes Teiles Italiens lieben diese ihre Knechtschaft, dieses sich in jedem Augenblick dem Gedanken des Todes unterworfen fühlen; ihre Gentilezza in den Beziehungen zum Elend und zum Leid ist groß, und stets sind sie sanft und höflich in ihrer düsteren Melancholie, die auch Liebeslieder, Lächeln und flammender Blick nicht verheimlichen können.

Doch schaut die Toskaner an, schaut ihnen ins Gesicht: sie wirken alle, als sproßten sie eben in diesem Augenblick aus der Erde hervor, als kehrten sie soeben von einer ihrer üblichen Fahrten in die Hölle zurück. Die einzigen Zeugen der Hölle, dieser freien, überirdischen Welt, die einzigen lebenden Zeugen sind sie. Und ohne ihr Zeugnis von der Welt der Toten wäre kein Verständnis der Welt der Lebenden und der lebendigen Dinge noch auch der menschlichen Freiheit möglich.

Wer lebend von dieser ungewöhnlichen Reise zurückkehrt, kann die Welt nicht mehr mit den gleichen Augen betrachten wie zuvor. Er sieht die Dinge nicht mehr in ihren veränderlichen Daseinsformen, sondern in ihrer verborgenen Natur. Verändert wird er zurückkehren, er wird frei zurückkehren, ein freier Mann im tiefsten Sinne. Denn Freiheit ist nichts anderes als die Kenntnis des Verhältnisses zwischen dem Leben und dem Tode, zwischen der Welt der Lebenden und der Welt der Toten.

Und welche Menschen sind freier als die Toskaner? Sie wissen, daß man nichts büßt von dem, was man auf Erden tut. Nichts wird in der Hölle gebüßt. Wo die irdischen Ungerechtigkeiten weiterleben, wo das menschliche Leben mit all seinem Elend und in all seiner armen Größe weitergeht. Die Toskaner glauben mehr an die Bilanzen, an die Soll- und Habenrechnungen ihrer Hauptbücher, an die vorsichtige Verwaltung der Lager, Banken und Güter als an die ausgleichende überirdische Gerechtigkeit. Sie wissen, daß der freie Mensch keine Gerechtigkeit durch Gottes Hilfe erwarten darf, wenn er sich nicht selbst hilft. Und hier ist der Ursprung ihrer rauhen, grausamen, unversöhnlichen Interessenjagd.

Es gibt daher manche, die behaupten, daß die Toskaner an nichts glauben, daß sie weder Glaube noch Religion haben. Selbst wenn dem so wäre, was wäre Schlimmes dabei? Ist es vielleicht verboten, an nichts zu glauben? Ist vielleicht selbst für die Religion die Polizei zuständig? Die Toskaner glauben nur an das, was sie berühren können; sie sind die ersten, die an Gott glauben, wenn es ihnen gelingt, ihn mit der Hand anzufassen. Und es gelingt ihnen oft, um nicht zu sagen: jeden Tag.

Was die Anklage betrifft, daß die Toskaner niemandem Respekt bezeigen, auch Christus nicht, und sich mit dem Spruch rechtfertigen «ich kenne ihn nicht», so wäre sie wahr, wenn sie wahr wäre. Die Sache ist so, daß sie ihn nicht nur kennen, sondern sogar gut kennen. Man muß, will man gerecht sein, zugeben, daß an der übertriebenen Vertraulichkeit, mit der sie Christus behandeln, ein wenig auch er selbst die Schuld trägt. Wenn er nicht wollte, daß sie es ihm gegenüber an Achtung fehlen ließen, dann hätte er davon abstehen müssen, die Leute in dieser Weise zu behandeln. Weil nämlich im Grunde genommen das, was die Toskaner ihm vorhalten – und sie sind die einzigen unter allen Völkern der Welt, die so aufrichtig sind, es ihm ins Gesicht zu sagen –, darin besteht, daß er nicht Geduld genug hatte und bei der ersten besten Gelegenheit zum Himmel geflogen ist: das Menschengeschlecht konnte sehen, wie es fertig wurde.

So ist es nicht verwunderlich und darf sich niemand aufregen, wenn sie von Christi Himmelfahrt nicht anders sprechen als in einer der Novellen Sacchettis jener Bischof aus dem Orden der Serviten, der in einer Predigt in Florenz die Geschwindigkeit berechnete, mit der Christus zum Himmel geflogen sei; fast so, als handele es sich um einen neuen Flugzeugtyp. Man darf zugestehen, daß das seinerzeit ein neuer, nie gesehener Typ war. Die Wahrheit ist, daß der Glaube der Toskaner «sehr weit gefaßt» ist, wie Sacchetti sagt, und wollte der Himmel, daß in ganz Italien der Glaube so «weit gefaßt» wäre wie in der Toskana. Wollte der Himmel, daß Christus in der Toskana geboren wäre, möglichst in Prato, in Peretola oder in Campi: es ist sicher, daß alles ein gutes Ende genommen hätte und Christus noch unter uns Lebenden weilte. Es gibt keinen Toskaner, der nicht für ihn mit dem Knüppel losgezogen wäre. Ich möchte nichts Frevelhaftes sagen, aber ans Kreuz wäre bestimmt irgend jemand anderes gekommen.

Dann gibt es Leute, die die Toskaner beschuldigen, daß sie weder die Helden und Heroen ernst nehmen noch das sogenannte heroische Leben, und daß sie völlig dessen ermangeln, was man anderswo Heroismus und Heldentum nennt. Vortrefflich; und was soll damit gesagt sein? Auch fehlendes Heldentum kann eine Form von Heldentum sein, und vielleicht sogar die höchste und schwierigste. In Italien ist es einfacher, ein Held als ein Mann zu sein, ist es leichter, ungewöhnliche und außerordentliche Dinge zu tun, als die gewöhnlichen Dinge des Alltags in jedermanns Griffweite. Doch wenn Toskaner sich herbeilassen, außerordentliche Dinge zu tun, dann gibt es niemand, der sie darin übertrifft: es kommt alles nur darauf an, daß sie sich herbeilassen. Zuvor wollen sie überzeugt sein, daß sich die Unkosten lohnen, daß es sich nicht um Dinge für Beschränkte handelt und daß die Fahne frisch gewaschen ist und aus gutem Stoff.

In Gefahren wissen sie das ihrige zu tun, und sie gehören nicht zu jenen, die ihre Haut billig verkaufen; im Gegenteil, sie verkaufen sie so teuer, daß sie immer ein gutes Geschäft damit machen; aber ohne Aufgeblasenheit und ohne schwitzende Rhetorik, denn sie hassen die geschwollenen Dinge. Und wenn es einem von ihnen wirklich geschieht, das zu sein, was man einen Helden nennt, dann steht er still und abseits, aus Furcht vor dem, was ihm geschehen könnte, wenn er sich herbeiließe, auf der Piazza sein Rad zu schlagen. Aus dem Grunde, weil die Toskaner, wie ich zu Beginn sagte, «geschwätzig sind, aber mit wenigen Worten»; was bedeutet, von allem anderen abgesehen, daß sie mehr am Tun als am Reden Gefallen finden, obwohl sie genugsam reden. Sie glauben mehr an die Taten als an die Täter, mehr an die Männer als an die Helden, welche in den Augen der Toskaner eine ziemlich lächerliche Rasse sind.

Das Kraut des Lächerlichen bauen sie in allen ihren Gärten, besprengen es täglich, pflegen es sorgfältig und mit Bedacht. Und es ist etwas Wundervolles, an Sommerabenden unter einer Laube im Kühlen zusammenzusitzen und in ihrer Gesellschaft von jenem als Salat zubereiteten Kraute zu essen. Sie können sehr einnehmend, witzig und voll Anmut sein. Stets sind sie große Herren, vor allem die Bauern, die Arbeiter und die Handwerker. In allen Dingen sind sie elegant, ihr Stil ist einfach und von erlesenem Geschmack. Sie sind zweifellos das urbanste Volk der Erde: ihre Herzlichkeit ist, ohne jemals liebevoll zu sein, stets ehrlich und zuvorkommend. Niemals wirst du es müde, ihnen zuzuhören; und nie geschieht es dir, von ihren Lippen ein vulgäres Wort zu vernehmen, oder einen Fluch, niemals. Wenn sie manchmal fluchen, so tun sie es still, und mit Bedauern, errötend, und nur sehr selten, im Falle unbedingter Notwendigkeit, wirklich nur, wenn an den Haaren dazu gezogen. Sie fluchen nur, wenn Gott oder irgendein Heiliger es persönlich mit ihnen hat; das Dumme ist dabei nur, daß Gott und die Heiligen es immer mit ihnen haben. Kurz, sie sind, wie jedermann weiß, schüchtern, bescheiden, liebenswürdig, großmütig und freundlich. Und es ist nur gerecht, anzuerkennen, daß Italien ohne die Toskana nichts als ein Stück Europa wäre.

Wer nicht glauben sollte, daß wir Toskaner von dieser Art sind, der komme in die Toskana. Er schaue sich um, schaue den Leuten ins Gesicht, höre, was sie sprechen; nicht wegen ihrer Sprechweise, sondern wegen dem, was sie sagen. Er höre den kleinen Leuten zu, den Bauern, den Handwerkern, den Webern, den Kutschern, den Wollhändlern, den Lumpenarbeitern, den Gastwirten, den Betrunkenen, den Mönchen, den Priestern, den Reichen und den Armen, den jungen Frauen und den alten Frauen. Er höre den Liccio, den Láchera und den Bernocchino zu. Er lese Boccaccio, Sacchetti, Dino Compagni, lese die Chronikschreiber und Novellenerzähler, besonders die geringeren. Ihm wird der Verdacht kommen, daß diese Ereignisse, diese höchst lebendigen Alltagsgeschichten nichts anderes als Beispiele sind, das heißt Ereignisse, wie sie allen begegnen, nicht nur dem betreffenden «particulare», von dem erzählt wird. Und daß sie nicht nur Beispiele für die alten Zeiten sind, sondern für jede Zeit, auch die modernste. Er wird erkennen, daß diese Aussprüche, diese Scherze, diese Streiche so von gestern wie von heute sind. Daß diese Unehrerbietigkeit, diese Frevelei, diese aufrührerische Frechheit zu einem jeden gehören, und nicht nur zu einem allein, zu allen und nicht nur zu wenigen.

Er komme in die Toskana und höre die Toskaner sich über den Tod unterhalten. Sie sprechen mit Sympathie über ihn, wie es nur freie Menschen tun, und sind die einzigen in der Welt, die wissen, wie Sterben eine lächerliche Sache ist und wieviel lächerlicher als Sterben die Angst vor dem Tode ist. Deswegen, und vor allem deswegen, sind sie freie Menschen; denn sie haben keine Angst vor dem Tode.

Sie haben keine Angst davor, weil sie wissen, daß in Italien nur die Dummen sterben.

## 18

*Die Toskaner haben den Himmel in den*
*Augen und die Hölle im Munde.*

Ich öffne das Fenster, und es ist Frühling, ich schließe das Fenster, und es ist Frühling. Ich trete vor den Spiegel, und das Bild, das sich auf der Scheibe bewegt – diese grauen Haare? diese müden Augen? diese scharfe Falte mitten auf der Stirn, dieser grüne Abglanz der Fensterläden auf der Hand, die mir das Gesicht betastet? –, ist Frühling in Prato, in meinem Zimmer in der Locanda Caciottis neben der Domfassade, die wie eine Fahne aus Streifen weißen und grünen Marmors von Figline geschichtet ist. Und Frühling ist in Prato die Kanzel Michelozzos und Donatellos, deren Putten ihre Hände ausstrecken, um den Webertauben, die zwischen Dom und Mazzoni-Denkmal hin und her wechseln, Futter hinzuhalten.

Ich öffne das Fenster, und der Himmel, der sich weit über den Platz, über die Via Magnolfi, über das grüne Bisenziotal zwischen der ginstergelben Retaia und dem nackten Fels des Spazzavento wölbt, stürzt in das Zimmer herein, beschlägt mit seinem blauen Hauch den Spiegel dort hinten, die Flasche voll Wasser aus Filèttole, das leere Glas, den weißen Bogen Papier auf dem tintenfleckigen Tisch. Es ist Frühling in Prato, immer noch Frühling, aber von der Piazza tönt nicht mehr wie früher die Stimme Carnaccias herauf, wenn er mit den anderen Kutschern vor der Locanda stritt, noch der Ausruf des Backwerkhändlers, der mit seinem großen Korb voll Cantucci und Buccellati am Arm an der Ecke vor dem Geburtshaus Filippino Lippis stand, und des andern mit den «Chíffeli», Kipfeln, an der Ecke der Via Agnolo Firenzuola, noch die klagenden Stimmen der Hirtenmädchen, die im Morgengrauen vom Bisenziotal durch die Porta del Serraglio in die Stadt kamen, auf dem Kopf die Bretter mit den zarten weißen «Raviggioli», frische Käse aus Ziegenmilch, die auf kleinen Strohfächern ausgebreitet werden.

Wo sind die dumpfen Schläge der Handwebstühle aus dem großen Zimmer des buckligen Passigli, das Gehämmer der Kupferschmiede am Mercatale, das Pfeifen der Züge auf dem hohen Damm des früheren Bahnhofs am Ende der Via Magnolfi? Wo ist der warme Duft der Hörnchen und des anderen Backwerks, wo das Scheppern des eisernen Ladens der Apotheke Mazzinghis an der Ecke der Via Garibaldi, den der ergraute Gehilfe aufzog und dabei schläfrig zum Delikatessengeschäft Calamai an der Ecke des Corso hinüberschaute? Es ist Frühling in Prato, aber Bernocchino, der ruhmvollste Prateser Bettler, betritt nicht mehr die Piazza del Comune und schleift nicht mehr barfuß über das Pflaster, den Rücken unter dem Gewicht seines Sackes voll Lumpen, Blech und leerer Flaschen gekrümmt, das bärtige Gesicht himmelwärts gereckt, um an der Uhr des Palazzo Pretorio die Stunden zu zählen. «Oh pratesi, ell'è l'ora di ieri a quest'ora!» es ist die Zeit wie gestern um diese Zeit! rief Bernocchino, wenn er vor dem Denkmal des Francesco di Marco Datini niederkniete, «der die Schulden erfunden hat». Und Liccio, Bernocchinos Nebenbuhler, der kein Almosen erbat, sondern eine halbe Lira oder fünfzehn Soldi, das sind fünfundsiebzig Centesimi, als Darlehen, und den Rest auf eine Lira herausgab, er wäscht sich nicht mehr das verschmitzte Gesicht in Taccas Fontäne, und Brogi, der Cafétier, wie ein Storch auf seinem lahmen Fuße stelzend, grüßt nicht mehr von der Schwelle des Caffè del Bacchino den Bürgermeister Giocondo Papi auf seinem Weg zum Rathaus, den Doktor Billi auf seinem Weg zum Krankenhaus Misericordia e Dolce, den Notar Camillo Dami mit seinem blatternarbigen chinesischen Bonzengesicht, auf dem Wege zu seiner Kanzlei in der Via Lambertesca, und den Teppichfabrikanten Cavaciocchi und den Rechtsanwalt Perini und den Druckereibesitzer Martini, die sich auf dem Platz begegnen und laut begrüßen. Und wo ist der Duft frischen Grases von der Piazza San Francesco her, wo die Diligencen nach Poggio a Caiano, Galciana, Grignano, Jolo, San Giorgio in Colonica und Paperino ihre Haltestelle hatten? Die Pferde wieherten und tauchten ihr Maul in die Bündel frischen Grases mit den vielen roten Augen des Klees dazwischen. Wo ist der Duft der heißen Semmeln und Mantuaner Brotwekken, der von der Bäckerei Mattonella herüberwehte?

Es ist Frühling auf der Piazza del Duomo, auf der Piazza del Comune, auf der Piazza del Grano, der Piazza delle Bigonce, Piazza del Mercatale, di San Domenico, di Sant'Agostino, della Madonna delle Carceri, es ist Frühling in allen Straßen, die von der Piazza del Comune zu den fünf Toren Pratos führen, der Porta Santa Trínita, Porta Fiorentina, Porta del Mercatale, Porta del Serraglio, Porta Pistoiese; doch Bino Binazzi öffnet das hohe Fenster nicht mehr, um über den Dächern den ersten Schwalben zuzuschauen, die zwischen dem Palazzo Pretorio und den Türmen der Dagomari und der Guazzalotri den Himmel Pratos aus blauem Garn und rosa Einschlag weben.

Die Luft an der Piazza Ciardi, außerhalb der Porta del Serraglio, wo die Diligencen von Vaiano, Vernio, Santa Lucia, Montemurlo, Figline anhielten, riecht nicht mehr nach Stockfisch und Erbsenbrei, nach Fastensuppe, nach dicken Bohnen, die in irdenen Töpfen gekocht werden; und die Ziegel verströmten in der ersten Sonne den warmen Duft gerade aus dem Ofen genommenen Brotes in den frischen Morgen, der die Ölbäume von Filèttole, die Zypressen der Sacca, die Pinien von Galceti hellrosa färbte. Die Vetturini standen breitbeinig in der Mitte des Platzes, die Peitsche in der Faust, im staubigen Geruch von Lumpen, Heu, Trockenfisch, Pferdeschweiß, dem Geruch Pratos im Frühling.

Und von den Bachilloni herab kam Agènore, der blinde Kutscher, das Gesicht durch die Schwefelsäure aus einer großen Korbflasche verbrannt, die sich damals, als er mit dem Wagen bei San Martino in den Graben des Makkaronimachers Gatti geriet, über ihn ergoß: er kam peitschenknallend, die Peitsche war seine treue Freundin, um sich fröhlich Platz zu machen, und mit wehmütiger, liebevoller Stimme begrüßte er einen nach dem andern mit Namen die Kutscher, die unter dem Ponte di Serraglio auf der Straße ins Bisenziotal heraufkamen, und seine einstigen Gefährten antworteten ihm einer nach dem anderen und nannten ihn beim Namen, und es war Frühling in diesen Stimmen, in diesem Peitschenknallen, in diesem säurezerfressenen Gesicht, in diesen blinden Augen voll rotem lebendigem Fleisch.

Alles war Frühling damals, und alles ist heute noch Frühling in Prato; es genügt, daß ich die Augen schließe, um wieder diese Stimmen von einst um mich her zu hören, diese fröhlichen Geräusche, dies Knarren von Rädern, dies Schlürfen nackter Füße auf dem Pflaster, dieses sich Zurufen von Tür zu Tür, von Fenster zu Fenster, von Straßenecke zu Straßenecke. Es genügt, daß ich die Augen schließe, um vom Ende der Via dei Tintori her die langen Stangen in den Becken rühren und die Stallburschen den Pferden ins Ohr flüstern und die Lupinenfrau an der Ecke des Vescovado die Schönheit ihrer Lupinenkerne anpreisen zu hören, «son capezzoli di bambina!», sie sind so schön wie die Brustwarzen junger Mädchen!, und den Bonbonhändler das Lob seiner Pfefferminzbrocken und sein «mangia e bevi», iß und trink, singen zu hören. Es genügt, daß ich die Augen schließe, um zu hören, wie diese einstigen Stimmen sich mit den höheren, schärferen Stimmen von heute vermischen, und wie das Knarren und Knirschen der Kutschenräder sich mit dem Rattern der Motoren vermischt; und um zu fühlen, wie die Sonne sich um mich dreht, von der rechten Schulter zur linken

Schulter hinüber und allmählich höhersteigt, reglos steil über den Dächern steht und langsam sich dem roten Wald des Unterganges entgegensenkt.

Dies ist der alte, der antike Frühlingsabend in Prato: da in der lauen Luft die Stimmen und Gerüche von einst entstehen, die Stimme der Baccia an der Ecke der Via Agnolo Firenzuolo und der grüne Geruch entschoteter Erbsen in den Kupferkesseln, und von der Piazza del Duomo her die Stimmen der Frauen vor Davinis Backstube, wo sie auf die mit Bohnen gefüllten Tontöpfe warten, und der Duft gekochter gelber Bohnen. Es ist die Stunde, in der die Arbeiterinnen aus der Fabrik kommen, mit verstaubtem, nach Maschinenöl riechendem Haar, mit weit offenen Augen im blassen Gesicht, Augen, die den ganzen Tag den irren Lauf der leuchtenden Stahlspule verfolgt haben, wie sie gleich einer Maus in der Falle mit dem Kopf bald da, bald dort gegen den Rahmen schlägt. Hundertmal ist der Faden gerissen, hundertmal haben sie den Webstuhl angehalten, die beiden Enden gefischt, den Faden wieder geknüpft, die Spule in Lauf gesetzt. Sie gehen mit himmelwärts gewandtem Gesicht, die Hände gleiten sanft durch die Luft, unter dem scharfen Flug der Schwalben, die irren Spulen gleichen, wie um den hundertmal gerissenen Faden von Dachrinne zu Dachrinne, von Nest zu Nest neu zu knoten.

Es ist die Stunde, in der die Arbeiter nach mühseligem Tagwerk Durst haben und die Luft nach wasserverdünntem Wein riecht. In der Fontäne vor dem Dom, in der Fontäne des Bacchino, in der Fontäne vor San Francesco singt das Wasser von Filèttole mit der gleichen Stimme, mit der Firenzuola das «Lob der Schönheit der Frauen von Prato» singt.

Alles ist liebenswert freundlich umher, alles ist alt und neu: ich höre meine Prateser im Toskanischen Sacchettis und Messer Agnolos sprechen, in jener Sprache, die lebendig und sauber klingt wie das Griechische Xenophons. Es liegt eine attische Serenität in der Luft; und für einen Augenblick ist der Bisenzio der Ilissos, ist die Retaia der Hymettos, ist das Kastell Friedrichs II. die Akropolis. Denn es gibt nichts in der Welt, das griechischer wäre als was toskanisch ist, niemanden, der athenischer wäre als ein Florentiner, korinthischer als ein Pisaner, und keine Stadt, die so sehr an Mykene erinnerte wie Volterra, so sehr an Argos wie Siena, an Olympia wie Arezzo, an Epidauros wie Lucca, an Theben wie Pistoia, an Thessalonike wie Livorno. Auch gibt es keine Stadt auf Erden, in der das Familien- und Gemeinschaftsleben so sehr an das einfache kleine Leben des antiken Athen erinnert wie in Prato, wo das Volk so von Handel und Zank lebt wie das athenische und so geistreich elegant spricht wie Lukian und so eigenwillig verrückt wie Alkibiades und mit so höhnisch grimmigem Humor wie Aristophanes und wo Bernocchino ein Sokrates, Liccio ein Diogenes ist. Es gibt kein Salz in der Welt, das so sehr attisch ist wie das Salz der Prateser, es gibt nichts Euklidischeres als ihre Art, die Welt nach Ellen abzumessen wie Stoffe, nichts Anakreontischeres als die gewinnende Art, in der sie von allem sprechen, worüber außerhalb Pratos, und außerhalb der Toskana, jeder Mensch mit argwöhnischem Mißtrauen spricht.

Man glaube nicht, daß ich nach dem Beispiel des Messer Agnolo Firenzuola die Toskaner mit den Griechen nur deshalb vergleiche, weil ich Toskaner bin, und die Prateser, weil ich aus Prato bin. Sondern deshalb, weil nur in der Toskana eine Stadt eine «polis» ist, das heißt ein freies, ausgeglichenes Lebewesen, und nur hier die Bürger Bürger sind. Denn nur in der Toskana lebt noch jener edle, scharfsinnig witzige Freiheitsgeist, der die Republiken Griechenlands beseelte, und das war Freiheitsgeist nicht nur in der Politik, sondern auch in der Philosophie, in der Kunst, in der Literatur. Und nur in der Toskana leben das Alte und das Moderne zusammen, in einer ehelichen Gemeinsamkeit aller Tage und aller Stunden, so daß Gesicht, Gesten, Handlungen, Worte, Empfindungen der Toskaner von heute mit der alten Bauart der Häuser, der Paläste, der Kirchen, mit dem Gesicht und den Gesten der Statuen Donatellos, des Pisano, des Jacopo della Quercia nicht im Widerspruch, sondern im Einklang stehen; und es gibt Toskaner, die dem Turm des Arnolfo am Florentiner Palazzo Vecchio ähnlich sehen, andere der Torre della Mangia in Siena oder dem Palazzo Strozzi, dem Palazzo Pitti, dem Bargello, wieder andere den Bildnissen der Florentiner und Sieneser Maler, manche gleichen der toskanischen Landschaft, den Flüssen, Seen, Bergen, Wäldern, der Weinrebe, der Zypresse, dem Ölbaum, der der griechischste aller Bäume ist, der hellste, der ausgeglichenste, manche gleichen den Kieselsteinen des Arno oder des Ombrone, des Serchio, des Bisenzio, manche denen des Tiber, eines toskanisch geborenen Flusses, der sicherlich ein böses Ende nähme, ein schlimmeres Ende, als er nimmt, wenn er nicht aus der Toskana stammte. Und es gibt jene Toskaner, deren Gesicht die Farbe der Erde um Lucca hat oder die Farbe der Erde um Fiesole, um Pisa, um Arezzo, um Siena oder der Erde der Maremmen. Doch selten sind die Toskaner, die anderen Toskanern ähnlich sehen. Selten und verderblich. Denn wenn es geschieht, wie es stets geschieht, daß sich jene einander ähnlich sehenden Toskaner begegnen, so fallen sie sofort übereinander her, bringen sich um, und es entsteht Parteinahme, Aufruhr und Vernichtung.

Und somit ist es ein großes Glück, daß die Toskaner, wie ich zu Beginn sagte, keinerlei Ähnlichkeit mit anderen Italienern haben, denn daraus wäre Parteinahme bis zur Vernichtung entstanden und entstünde sie noch; wo doch alle wissen, daß die Toskaner niemals gegen die anderen Italiener Krieg begonnen, sondern immer nur sich untereinander totgeschlagen haben, und nicht aus dem Grunde, daß sie keine Freude daran fänden, einen Italiener, der nicht Toskaner ist, umzubringen, sondern auf Grund der Tatsache, daß ein toter Italiener, im Unterschied zu einem toten Toskaner, nichts wert ist, nicht mehr wert ist als ein faules Groschenstück, und keiner ihn kaufen würde, nicht einmal nach bloßem Gewicht. In einem jedoch sind sich alle Toskaner ähnlich untereinander, und das ist in der Farbe der Augen, die hell sind, ins Graue zielen, die Farbe des toskanischen Himmels haben. Woher denn das alte Wort stammt, daß «die Toskaner den Himmel in den Augen haben», und dem gesellt sich dies andere uralte Wort: «und die Hölle im Munde».

Die anderen Italiener mögen mir also verzeihen, wenn ich manchmal den Anschein erwecke, als spräche ich schlecht über sie, weil ich gut von den Toskanern spreche; denn wenn ich von den Toskanern, die höchst eifersüchtig sind, gut spräche, ohne den Anschein, von den anderen Italienern schlecht zu sprechen, würden sie mich sicherlich umbringen. Was sich für mich nicht auszahlt, wenn man bedenkt, daß ein toter Toskaner weniger wert ist als ein lebender Toskaner und daß es mir als Trost nicht genügt, was die Florentiner sagen, die behaupten, ein toter Toskaner sei mehr wert als alle lebenden anderen Italiener zusammengenommen.

# Inhalt

CURZIO MALAPARTE

# Technik des Staatsstreichs

*Aus dem Französischen von Hellmut Ludwig*
*192 Seiten · Taschenbuchausgabe DM 4.–*

Malaparte zeigt an acht historischen Beispielen, welche Auswirkungen auf den parlamentarischen Staat herkömmlicher Prägung Staatsstreiche und revolutionäre Versuche von der äußersten Rechten wie der äußersten Linken gehabt haben.

Der bolschewistische Staatsstreich und die Taktik Trotzkis

Geschichte eines mißglückten Staatsstreichs:
Trotzki gegen Stalin

1920, Polnisches Zwischenspiel – In Warschau herrscht Ordnung

Mars gegen Marx: Der Kapp-Putsch

Bonaparte – der erste moderne Staatsstreich

Ein Höfling und ein sozialistischer General:
Primo de Rivera und Pilsudski

Mussolini und der fascistische Staatsstreich

Diktator aus Versehen: Hitler

Vorwort Malapartes zur Nachkriegsausgabe von 1948

## STAHLBERG VERLAG KARLSRUHE

# rororo neu

# Malaparte
# Verflixte Italiener

ro
ro
ro

Malaparte, Autor des weltbe-
rühmten Romans «Die Haut»,
charakterisiert in diesem Spät-
werk die Italiener in ihrer Vielsei-
tigkeit und Widersprüchlichkeit.
Seine scheinbar hemmungslose
Aggressivität wird abgefangen
durch genaueste Differenzie-
rung, Tadel wird kompensiert
durch Lob und beides – Lob und
Tadel – in einem Atemzug her-
vorgesprudelt. Eine der unge-
wöhnlichsten und geistreichsten
Darstellungen des italienischen
Volks-Charakters.

«rowohlts rotations romane» Band 1240

# Alberto Moravia

«Alberto Moravia, ‹Moralist ohne Moral›, kann den Ruhm für sich in Anspruch nehmen, der meistgelesene unter den modernen Autoren Italiens zu sein. Seine Romane enthalten alle erzählerischen Elemente, die Moravia inzwischen nicht nur die begehrtesten Literaturpreise Italiens, sondern wiederholt auch die Anwartschaft auf den Nobelpreis eingetragen haben.»

Welt am Sonntag, Hamburg

Gesamtauflage der Werke Alberto Moravias in den rororo Taschenbüchern: über 1,4 Mill. Exemplare

97/10

# GAIA SERVADIO
# MELINDA
### Rowohlt
### Roman

«Eine Loreley des Raumfahrtzeitalters» nannte Mary McCar-
thy die männermordende Melinda, die lebenslustige, hemmungslose Heldin dieses turbulenten Pop-Romans, der, wie
LIFE schrieb, «mehr Sex hat als alles, was seit ‹Candy› veröffentlicht wurde». Diese Melinda, eine Mischung aus Mo-
desty Blaise und James Bond, eine Schwester von Jodelle und
Barbarella, fürchtet nur zwei Dinge: sich zu langweilen und
nachts allein zu sein, und sie schreckt vor nichts zurück, um
sich dergleichen triste Erfahrungen zu ersparen.

11.–16. Tausend · 368 Seiten · Leinen

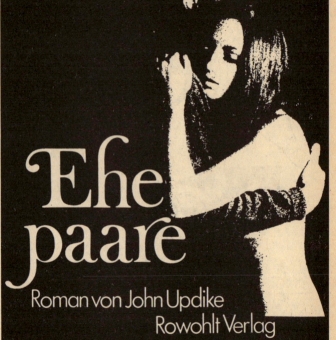
594/1